Comme un goût de brigadeiro à Tahiti

Damien Hélène

Comme un goût de brigadeiro à Tahiti

Roman

ISBN : 979-10-422-0441-9

Chapitre 1
Enfin quelqu'un digne d'intérêt

— Chérie, je t'ai rapporté tes croissants préférés. Par chance, la boulangerie à l'angle de la rue Réaumur était ouverte ! Tu voudrais bien préparer le café, s'il te plaît ? Je file prendre une rapide douche avant de venir te couvrir de baisers.

Encore endormie, sa mèche de cheveux bruns dorés rabattue sur les yeux, Fernanda n'entendit que la moitié des paroles prononcées par un Hiro beaucoup trop réveillé et bavard à son goût. Elle déchiffra, sans aucune certitude, les termes « café » et « baisers » qui ne lui donnèrent aucune autre envie que de se rendormir. La température dans l'appartement ne cessait déjà de grimper ; l'été était étouffant à Paris. Malgré la hauteur de leur appartement, dont chaque pièce comptait a minima deux baies vitrées – un luxe pour la Capitale française –, la climatisation allait rapidement devenir la meilleure amie de Fernanda. Cela faisait huit ans qu'elle avait emménagé à Paris, et chaque été lui rappelait son enfance privilégiée dans les beaux quartiers de Rio de Janeiro, les restaurants luxueux qu'elle fréquentait le long du Corcovado, à prendre le soleil en terrasse avec ses parents, les *« pool parties »* sur les *rooftops* de ses amis, les matchs de volley-ball à Ipanema, les balades le long du *Jardim Botânico.* Elle avait cette chaleur moite dans le sang. La Brésilienne de 33 ans adorait l'agitation parisienne, même si l'agressivité des Français la surprenait toujours. Elle passait d'ailleurs certains de ses trajets en métro à imaginer depuis combien de temps ses compagnons de voyage n'avaient pas eu de rapports intimes. *« Espèce de mal baisée »,* lui avait sorti une femme avec deux enfants en bas âge à sa descente de l'aéroport à Roissy, alors que la jeune femme venait de prendre un aller simple pour la France, quittant son pays natal adoré, sa famille et toute une vie qui lui était écrite d'avance. Fernanda avait juste eu l'audace de passer devant cette mère de famille aux contrôles des douanes, alors que ses deux gamins chouinaient et refusaient d'avancer. Paris, Ville Lumière, Capitale de l'Amour.

L'eau se mit à couler sur le dos musclé de Hiro. Même s'il menait maintenant une vie tranquille, une vie dans un bureau renfermé, comme des millions d'autres, son corps conservait les années de pratique de *va'a*, un sport qu'il a adoré pratiquer pendant ses années de collège et de lycée avec ses *Brad*. C'était avant de quitter son *Fenua* pour rejoindre Bordeaux et ses études de commerce, son stage dans ce cabinet d'investissements à Paris et ce séminaire en Normandie, où il rencontra Fernanda. Il n'aimait pas les côtes françaises et encore moins la Normandie, qu'il trouvait triste. Une dominance permanente de gris, aussi bien dans le ciel que dans la mer. Ce week-end à Etretat il y a sept ans n'avait rien de particulièrement excitant jusqu'à ce qu'il croise le sourire de cette magnifique brune pimpante aux yeux verts amandes – nouvelle stagiaire comme lui – qui avait le plus grand mal du monde à cacher son ennui parmi ses collègues, tous vêtus de costumes sombres et tailleurs serrés aux couleurs écru et anthracite, un exemple de personnes coincées, persuadées, à tort, que porter une veste et une cravate les rend puissants et intéressants. Comme lui, elle était la seule à avoir opté pour des vêtements adaptés à un samedi : jean et tee-shirt. *« Laisser le corps respirer »,* avait pensé Hiro en enfilant son tee-shirt blanc COS ce matin-là. *« Montrer que je suis passée chez l'esthéticienne et prouver à Sandra que je suis non seulement plus compétente mais aussi plus belle qu'elle »*, s'était intérieurement dit Fernanda en enfilant sa jupe verte à imprimés fleuris, son haut sans manches et ses sandales bridées de type *« Gladiateur »*. Sandra, sa supérieure acariâtre, commençait vraiment à irriter la belle Brésilienne. Les latinas ont le sang chaud et des degrés de patience relativement faibles. Fernanda ne se rappelle plus si c'était une énième remarque de sa boss qui l'avait rendue furieuse ou si elle venait de comprendre qu'elle n'aurait jamais un poste de titulaire dans ce cabinet d'investissements, mais ce week-end en Normandie s'annonçait comme le dernier qu'elle passerait avec cette blasée de la vie et ses associés tout aussi ennuyeux et égocentrés.

La douche réveillait peu à peu le corps de Hiro. Sur ses cheveux noirs, coupés court, l'eau ruisselait telle une cascade, atteignant la cicatrice qu'il s'était faite au genou un après-midi lors d'une session de surf avec ses amis à Papenoo.

Hier, Fernanda et lui ont enchaîné trois soirées : un apéro sunset sur les quais avec Gisele, la sœur de Fernanda, sa cadette de trois ans, qui profite de ses vacances en solo en Europe. Fernanda a toujours eu une relation compliquée avec cette pseudo-artiste, la fille préférée de leur mère, dont les vieux jours se déroulent désormais dans une belle maison de retraite au Nord de Rio de Janeiro. Fernanda lui avait présenté Hiro après leur première année de relation. *« Ele é obviamente bom demais para você - Il est manifestement trop bien pour toi »,* avait fini par décocher sa mère après une heure de balade, passée en silence dans le sous-bois du parc qui bordait la maison de retraite. À ce moment-là, Fernanda n'avait rien dit mais sa mâchoire s'était doublement crispée. Avait-elle envie de tuer sa mère à cet instant ? Certainement ! Était-elle passée à l'acte ? Jamais après une manucure de chez Jeannine, son spa préféré, à deux pas du Copacabana Palace. La visite n'avait guère duré plus d'une heure, assez pour Fernanda qui ne pensait qu'à reprendre l'avion au plus tôt et à partir le plus loin possible du Brésil. Mais Hiro, ravi de partager un moment précieux en famille, s'était montré comme toujours souriant, respectueux et tout naturellement heureux de rencontrer la mère de sa future épouse. Car oui, il le savait, Fernanda était celle qui allait transformer sa vie.

Hiro était toujours sous la douche. En se massant les cheveux, il se remémora la suite de sa soirée de la veille. Après plusieurs cocktails en compagnie de Gisele, le couple avait rejoint leur quartier, le 2e arrondissement, pour se rendre à la fête donnée en l'honneur du bébé nouvellement arrivé de leurs amis Tamara et Bobby. Fernanda ne supportait pas les bambins. Elle les avait en horreur ! Pourquoi les gens s'imposaient-ils une telle torture ? Laisser à son corps des cicatrices à vie, s'infliger une privation de sommeil qui durait des années, perdre des milliers de neurones à parler à un individu décérébré, très peu pour elle. Fernanda aimait par-dessus tout, et dans cet ordre, l'appartement qu'ils avaient acheté avec Hiro, il y a maintenant 18 mois (deux grossesses), pour 1,2 million d'euros, une affaire pour le quartier de Montorgueil, réputé pour être l'un des plus chers de Paris, mais aussi l'un des plus bruyants et mal fréquentés ; son coiffeur-coloriste Mateo, qui lui a sauvé la vie plus d'une fois (le sable et la mer à Portofino font des ravages capillaires) et enfin sa sœur Gisele. C'est ensuite dans le 16e arrondissement, sur les hauteurs du très chic quartier de Passy que Fernanda et Hiro ont terminé leur soirée. Entourés des collègues du jeune Tahitien, le champagne a, comme toujours, coulé à flots. C'est dingue comme la vie peut sembler si insouciante et facile quand la seule question qui se pose, et qui en devient même une obsession, est de savoir si on passe son été à Monte-Carlo ou sur un yacht à Saint-Tropez. Ce sera finalement les deux : MC en juillet, St Trop' en août.

***

— Quoi, tu es encore au lit ? lança Hiro, avec son sourire des plus éclatants, capable de faire fondre n'importe quelle personne se trouvant dans un périmètre de cinq kilomètres. *Tu sais que je vais devoir te forcer à te lever par la force ? Prépare-toi à une attaque câlins des plus féroces !*

— *Je suis dans mes pensées,* lui répondit Fernanda, tout d'un coup réveillée. *Hier, j'ai trouvé ton patron tellement heureux, il est ravi de ton travail, c'est formidable. Mon chéri, je tiens à te renouveler mes félicitations pour ta promotion. Associé dans un prestigieux cabinet d'investissements international, je suis fière de toi, je suis impatiente que tu entames ce nouveau chapitre de ta vie professionnelle. Tu as là, devant toi, ta première fan*. Et sur ces paroles, Fernanda entama une *danse de la joie*, se trémoussant sur le lit en remuant des hanches, les rayons du soleil perçant par les rideaux se reflétaient sur sa peau naturellement bronzée.

Hiro lui sourit timidement – la pudeur tahitienne – et alla mettre la machine à café à chauffer. Il avait obtenu cette *« promotion »* il y a tout juste deux semaines. Encore plus d'heures à consacrer à son travail, plus d'heures supplémentaires le week-end, plus de réunions, de dîners devant son écran, plus de pseudos-Zuckerberg à la recherche de financements pour leur absolument-pas-innovante start-up. Moins de temps pour lui, pour le sport et pour Fernanda. Il ne comprenait pas pourquoi elle était si ravie de cette promotion mais était rempli de gratitude pour cette compagne qui ne cessait de l'encourager. Ils avaient tous les deux commencé leur carrière à 26 ans, après un parcours respectif banal : école de commerce, stage dans un petit cabinet, stage dans un grand cabinet puis premier contrat. La suite pour Hiro n'est qu'une rapide ascension : promu directeur adjoint du service des acquisitions en un an, il est désormais associé d'un cabinet qui pèse plus de 40 milliards de dollars, et qui investit chaque année 500 millions dans des entreprises de la Tech, des sciences, des nouvelles technologies, de la deep tech et des nouveaux dispositifs de santé. Son poste l'emmène à la rencontre des génies de l'innovation partout dans le monde, de Bangkok à New Delhi en passant par Vancouver et Melbourne. Fernanda, quant à elle, n'a joui d'aucune promotion dans son cabinet. Elle est restée junior, son salaire est dix fois moins élevé que celui d'Hiro, mais elle jouit d'une liberté inconditionnelle, et c'est pour elle son plus grand luxe.

— *Tu sais, quand je t'ai vu pour la première fois, lors de ce miteux séminaire en Normandie, je me suis tout de suite demandé : « Finalement, ne serait-ce pas enfin quelqu'un digne d'intérêt ? » Sans conteste, aujourd'hui, la réponse est : OUI !* lui glissa Fernanda, qui venait de rejoindre Hiro dans la cuisine, se glissant derrière son dos encore humide, et le gratifiant d'un léger baiser sur sa nuque chaude. Cette remarque, bénigne dans la bouche de Fernanda, fit tiquer

Hiro. En ouvrant le journal et en buvant son café – avec une gousse de vanille infusée, comme il avait l'habitude de le boire à Tahiti –, il ne put s'empêcher de se demander si sa future femme n'était tout simplement pas vénale. *« Non ! Arrête tes histoires, elle vient d'une richissime famille brésilienne, elle m'aime pour qui je suis, peut-être un peu pour mon physique aussi »*. Et cette pensée le fit sourire. À l'autre bout de la table, Fernanda lui rendit son sourire. Elle venait de consulter ses e-mails et parmi les spams et les publicités pour des promotions « immanquables », un message la rendait particulièrement heureuse.

***

Alors que le week-end touchait à sa fin, Hiro commençait à ressentir une certaine appréhension. La prise de son nouveau poste aura lieu le lendemain et il n'était pas prêt. Pas prêt à appuyer sur le bouton du 12e étage, *« l'étage du succès »*, de ceux qui ont réussi à obtenir une position managériale envieuse, un salaire mensuel à six chiffres. Rien que de se retrouver toute la journée entouré de partenaires de cabinets pompeux et hautains le rendait malade. Sa Terre lui manquait, il n'avait pas vu un arbre depuis des semaines, alors qu'il avait l'habitude, enfant, d'admirer la Lune et de se perdre dans les étoiles. Sa *Matahiapo* lui expliquait alors que ses ancêtres le protégeaient constamment, qu'il pourrait se reposer sur la force de la nature : les bougainvilliers, les oiseaux et la mer seront toujours là pour lui, à sa disposition jour et nuit pour l'écouter. *« Regarde cette fleur de tiaré »*, lui confiait-elle à l'oreille, tel un secret de polichinelle, *« sa vie est très courte mais elle nous éblouit par sa beauté, ses couleurs. Et que fait-elle pour ça ? Absolument rien ! Elle reste elle-même. Fais-en autant, fais en sorte que ta vie soit fluide et facile, danse face aux contraintes, courbe-toi devant le bonheur, et accueille-le dès qu'il frappe à la porte de ton faré »*.

Plus que de travailler avec des collègues tous plus arrogants les uns que les autres – des provinciaux pour la plupart qui pensent avoir réussi car ils se considèrent maintenant comme « de vrais Parisiens » –, Hiro n'était pas prêt à travailler au quotidien avec Stéphane, son patron. 46 ans, marié, père de deux enfants, il menait, comme de nombreux hommes, une vie parallèle à laquelle sa femme ne se douterait jamais, ou du moins, comme beaucoup, elle fermait les yeux pour conserver son élégant style de vie, elle qui venait d'une petite commune dans la périphérie de Lyon. Elle avait *« réussi »,* disait-elle à toutes ses connaissances. En réalité, c'est son mari qui était le seul à s'être accompli professionnellement, protégeant ainsi sa famille de tout risque financier. Et c'est ce même mari qui avait commencé à devenir très – trop – proche de Hiro, dès ses premiers pas en tant que stagiaire dans le cabinet. Hiro n'était pas dupe, il savait que sa fulgurante ascension et ses deux promotions ne tenaient qu'à ses atouts physiques, auxquels Stéphane avait de plus en plus de mal à résister. Regards insistants en réunion, déjeuners professionnels en tête-à-tête, invitations au golf, Stéphane n'avait clairement jamais caché son attirance pour le jeune Tahitien d'1m85. Hiro, jusqu'à maintenant, avait réussi à rester professionnel. Parfois gêné, il n'en avait jamais rien montré. Depuis deux semaines, les SMS de Stéphane avaient redoublé. Cette proximité avec ce patron insistant allait poser problème. Alors qu'il avait l'intention de refuser sa promotion, Hiro en avait parlé à Fernanda au cours d'un dîner Chez Georges, leur restaurant de quartier préféré. Sa réaction fut laconique : *« Décidément, toi, rien ne te résiste ! »* Était-ce une pointe de jalousie qu'il avait senti dans sa voix ?

— J'imagine que le salaire sera conséquent ?

— Il me propose 110 000 euros par mois, hors primes bien sûr ! Il veut ma réponse, positive ou infirmative, demain soir. Il m'a donné rendez-vous chez lui et me demande d'amener mon maillot de bain. Je ne savais pas qu'il possédait une piscine sur le toit de son duplex.

— Bien sûr que tu vas accepter mon chéri, avait alors répondu Fernanda avec un immense sourire. Ses yeux scintillants se reflétaient dans ceux de son futur mari.

— Serveuse, s'il vous plaît ? Votre meilleure bouteille de champagne !

***

Ce lundi 17 juin venait à peine de commencer, qu'il était déjà prometteur de surprises. Bonnes ou mauvaises, seul le temps saura le dire. Dès 5 h, Hiro était parti faire son jogging le long de la Seine, démarrant par des petites foulées en face du Louvre. Il n'avait pas fermé l'œil de la nuit, anxieux à l'idée d'entamer une nouvelle page de sa vie professionnelle. Il connaissait ses collègues, il était qualifié pour le poste mais cette ascension fulgurante dans l'entreprise Sayer Ventures, le fonds capital chouchou des startups et entreprises tech mondiales, le dérangeait. Alors qu'il traversait les Jardins des Tuileries, il s'arrêta net. Un souvenir venait de refaire surface : pourquoi Fernanda s'était-elle précipitée d'effacer il y a tout juste une semaine ce message laissé par sa sœur sur leur répondeur à leur retour de leur soirée ? Ils avaient passé un bon moment, les deux sœurs se chamaillaient parfois, mais où était le problème ? Non, ce message laissé en portugais par Gisele n'était pas plein de gaieté et de remerciements pour l'apéro-sunset et les tapas. Il s'agissait, à son intonation, d'une menace. Fernanda avait accouru pour l'effacer puis avait claqué la porte, avant de s'enfermer dans la salle de bains.

De son côté, Fernanda n'avait pas non plus fermé l'œil de la nuit. Elle avait eu la confirmation par mail, via son notaire, qu'elle était bel et bien l'héritière unique de Régis de Valgo. Après expertise des biens immobiliers, de l'argent légué, de l'assurance-vie, des actions, des différents comptes d'épargne, elle empocherait d'ici la fin du mois la modique somme de 2,7 millions d'euros.

***

Les premières semaines en tant qu'associé furent une véritable source de plaisir pour Hiro. Non seulement Stéphane l'ignorait totalement, mais sa secrétaire était une vraie perle du Pacifique. Anastacia était fraîchement diplômée de HEC, souriante, pétillante et joviale, elle ne comptait pas les heures. Bilingue en anglais, ayant vécu à Shanghaï, elle était l'atout idéal pour répondre aux partenaires internationaux et effectuer une veille extensive et détaillée des écosystèmes entrepreneuriaux en Europe, mais aussi aux États-Unis, en Asie, et plus récemment en Océanie, depuis que Hiro avait voulu intégrer la Région du Pacifique Sud dans les territoires d'investissement à suivre. Des entreprises innovantes commençaient à y émerger, un réseau d'entrepreneurs et de startupers était en train de faire son nid : Sydney, Auckland, Nouméa, Papeete, autant de noms exotiques qui intégreront les marchés internationaux incessamment sous peu.

— *Hiro, vous avez votre mère sur la ligne trois. Je lui dis que vous êtes en réunion ou vous prenez l'appel ?* lança Anastacia qui passait sa tête par la porte de son nouveau bureau. 60 m2, deux canapés et un tableau de Gustav Klimt accroché au-dessus d'un guéridon en bois de cerisier laqué.

— Je prends l'appel ! répondit immédiatement Hiro, excité comme un enfant le jour de Noël.

— Ia ora na Maman, lâcha Hiro. Tu me manques tellement. Pourquoi m'appelles-tu à cette heure-ci ? Tu n'arrives pas à dormir ? Quelque chose de grave est arrivé ?

— Oh Ia ora na mon fils ! Mais non, rien n'est arrivé. Une mère ne peut donc pas appeler ses enfants, sans tout de suite leur annoncer une mauvaise nouvelle ? répondit d'une voix calme et mélodieuse Vaitapu.

— Il est minuit à Tahiti, midi ici. Je suis juste surpris mais tellement heureux d'entendre ta voix !

— *Bon, je t'avoue que je t'appelle aussi pour une raison.* Le sourire de Hiro s'agrandit encore plus, il pencha sa tête et l'appuya sur les phalanges de sa main, recroquevillée tel un porte-tête. Vaitapu n'était pas réputée pour être bavarde, mais quand elle était portée sur un sujet, l'excitation se sentait dans sa voix, et elle pouvait tenir plusieurs minutes en parlant, sans respirer, ne laissant ainsi à son interlocuteur que très peu de chance, voire une probabilité nulle, de pouvoir l'interrompre.

— Radio Cocotier a relayé la nouvelle. J'imagine que c'est ta tante Vaimiti, ou alors ta tante Sylvia, ou alors ta tante Chantal ou même ta tante Poerani, que je soupçonne grandement. En tout cas, la famille sait désormais que tu es bien en couple avec cette Brésilienne et tout le monde a hâte de la rencontrer. Je te préviens que certaines spéculations disaient qu'elle pouvait directement sortir de ton imagination mais le fils de ma voisine adorée, tu sais, celle qui vit dans la servitude en face de la nôtre, vient de rentrer de Paris et il vous a vus sur les quais, main dans la main, amoureux comme jamais. Je ne l'ai jamais vue, tu n'as voulu me montrer aucune photo, même quand on s'appelle avec cette option de vidéo – ô j'ai enfin compris comment ça marchait – tu me la caches. Donc je suis tracassée. As-tu honte de nous ? On ne vit pas dans une magnifique maison de retraite au Brésil, comme sa mère, mais je t'assure que nous l'aimons déjà cette petite. Vous vous connaissez depuis sept ans. Il est temps qu'on la rencontre.

— Maman, je vous aime, toi et Papa, de tout mon cœur. Jamais je n'aurai honte de vous, vous m'avez élevé, vous vous êtes sacrifiés. Ne dis pas ça.

— Alors, on veut la voir !

— C'est elle qui refuse que je la prenne en photo. Tu sais, je n'ai que très peu d'images d'elle, elle a même failli me rosser un jour parce que je la prenais dans mon objectif sur la plage. La lumière était magnifique, mais elle a insisté pour que je l'efface.

Vaitapu était songeuse. Un blanc dura quelques dizaines de secondes.

— Venez en vacances à la maison cet été. Deux semaines vous feraient le plus grand bien à tous les deux. Elle découvrira tes racines, je l'emmènerai au marché. Nous nous amuserons comme des folles. Et tu n'es pas rentré depuis tellement longtemps.

Hiro ne répondit pas.

— Maman, je viens de m'entretenir avec mon chef. Ma promotion est récente mais il a déjà adoré certaines de mes idées. Il y a tout juste dix minutes, il m'a confié l'ouverture d'une de nos antennes dans le Pacifique Sud !

— C'est très bien ça, répliqua Vaitapu, soudain en pleine forme malgré l'heure tardive à Tahiti.

— Il m'a proposé de devenir directeur de la Région Asie-Pacifique, Maman. Le poste sera basé à Tahiti. J'ai l'occasion de revenir vivre sur ma Terre. Fernanda sera folle de joie !

— Maman, tu pleures ?

— Oh, mon fils, je suis tellement fière de toi ! Rentre au Fenua, nous t'attendons de pied ferme. Toujours pas de petit-fils en vue ?

— Maman ! … Je dois raccrocher, mon rendez-vous vient d'arriver. Je t'embrasse.

Parler à sa mère redonnait à chaque fois le sourire à Hiro. Cette conversation le transporta directement sur son île : la vallée de Papenoo, ses sentiers et ses cascades, le poisson cru savouré à la roulotte, les après-midi *bringue* à boire la Hinano dans le lagon, les vahine avec la fleur à l'oreille, son enfance où il prenait encore le *truck* traditionnel pour aller au lycée, les balades nocturnes dans les jardins de Paofai, les soirées à préparer le *uru'* avec ses parents, le sable chaud qui s'infiltre dans ses savates au PK17, les bonbons qu'il achetait chez le Chinois en rentrant de l'école, les week-ends à Moorea et l'impatience d'attendre le ferry, les tontons qui jouent du ukulélé le dimanche, l'odeur des frangipaniers.

Il était prêt à continuer cette fabuleuse journée. Ce soir, il passerait chercher des sushis et ouvrirait l'une des bouteilles millésimées de Moët & Chandon qu'il gardait au frais pour les grandes occasions. Il allait fêter son nouveau départ, et il comptait bien emmener Fernanda dans ses valises. Et qui sait ? Si l'ambiance était amenée à devenir *« caliente »*, il se peut même qu'il lance sa playlist de Sabrina Laughlin. Plus rien ne pouvait l'arrêter désormais et il ne garantissait pas que le tiki placé dans le salon pour protéger des mauvais esprits n'allait pas encore être aux premières loges de leurs ébats amoureux.

Chapitre 2
C'est un oui sans concession

— Quoi ? On part vivre à Tahiti ? déblatéra une Fernanda encore sous le choc. Bonne ou mauvaise nouvelle, elle n'avait pas encore tranché. Ce qu'elle savait à cet instant, c'est que sa vie allait être bouleversée. La soirée fut longue pour tous les deux, ne se couchant qu'au petit matin malgré leurs journées de travail respectives qui les attendaient tous les deux. Le choix n'était pas simple et chaque partie a avancé ses arguments, presque directement rejetés par le féroce adversaire qu'ils avaient en face.

La vie à Paris avait ses avantages. Leur train de vie était somptueux : magnifique appartement dans un quartier bobo, certes en délabrement, mais côté sur le marché. Ils avaient leurs habitudes dans leur quartier – Chez Georges pour les grandes occasions et Harimato pour les sushis –, leurs amis, leur carrière se construisait ici. Fernanda aimait sa vie, ses habitudes, les marques de luxe. Y avait-il des boutiques Louis Vuitton ou Gucci à Papeete ? Un magasin Bulgari au duty free peut-être ? Elle se renseignerait, cela pourrait faire inverser la balance.

De l'autre côté du globe, la Polynésie française offrait un cadre de vie inégalable, des plages sur les côtes Est et Ouest, une eau chaude et cristalline toute l'année, une douceur de vivre, en partie due à la gentillesse et la chaleur de ses habitants. Un instant, Hiro revit son père, assis à l'ombre d'un cocotier, qui le laissait jouer avec son frère et sa sœur en toute insouciance, sachant déjà que la vie serait assez dure avec eux un jour ou l'autre. La sensation de sentir l'herbe humide sous ses pieds après les pluies, qui ne duraient en général que quelques minutes, manquait à Hiro. En fait, c'est la Polynésie dans son entier qui lui manquait : la nature, sa langue reo tahiti, la mer, sentir les raies le frôler quand il s'exerçait à la plongée –, ces animaux particulièrement curieux ont toujours eu une place spéciale dans le cœur de Hiro. Il pourrait aussi raconter à sa future épouse toutes les légendes qu'on lui racontait dans son enfance. Fernanda lui avait avoué avoir consulté des chamanes lorsqu'elle avait voulu sauver son ex-mari malade ; elle ne pourrait que s'ouvrir à la spiritualité et se laisser immerger par la magie des contes polynésiens : la princesse Hina promise au roi du lac Vaihiria ; Tiaitau, fille de la belle Vahine Moea et du pêcheur Ariifaite, devenue l'amante du roi Tamatoa, les *tupapau* à ne pas déranger, les *pifao* (mauvais esprits), la naissance de Tahiti avec *Tafa'i-upo'o-tu* ou encore la légende de ce couple amoureux *Te vahine et Taaroa.*

Fernanda avait finalement capitulé. Elle tenait trop à leur couple pour laisser 24 heures de vol s'immiscer entre eux. À un moment donné, elle joua la carte « Gisele ». Que sa sœur venait-elle bien faire dans la conversation ? C'était après avoir fini sa flûte de Moët et avalé le dernier sushi que Fernanda aborda la question de sa cadette de deux ans.

— On ne peut pas la laisser seule ! lâcha-t-elle sèchement.

— Quoi ? Mais tu délires ? Elle a 31 ans, elle a ses réseaux, sa vie, son travail à Fortaleza ! Eh puis tu me fais rire, je ne connaissais même pas l'existence de ta sœur il y a encore trois mois, et on sort ensemble depuis sept ans.

Fernanda savait qu'elle avait mal joué son coup vis-à-vis de sa sœur. Sa « petite » sœur qui savait beaucoup trop de choses. Certes, Gisele était du genre artiste torturée, pas vraiment des plus dangereuses, mais les jours de grande tristesse, elle appelait sa sœur pour lui dire qu'elle raconterait tout aux policiers, qu'elle leur livrerait tous les détails qu'ils voudront, qu'elle les mettrait sur la piste d'autres…

— Je viens d'avoir une idée mon amour, dit tendrement Fernanda. Comme tu viens de le dire, nous « sortons » ensemble depuis sept ans. Fais de moi ta fiancée, et c'est en couple prochainement marié que nous atterrirons à Tahiti. Monsieur et Madame Haherupa. Tu deviendras mon *tane*, je serai ta *vahine*.

Hiro était fou de joie. Un genou à terre, il demanda la main de Fernanda en lui glissant un emballage en plastique de sauce sucrée pour sushis, roulé autour de son annulaire.

— Idiot, tu as intérêt à passer chez Cartier demain, réussit à sortir la future Madame Haherupa, en pleurs.

— Mais je dis oui sans concession.

Des larmes de joie. Lui aussi pleura, il l'enlaça et la porta jusqu'à leur chambre. Fixant Fernanda allongée sur le lit, il se dit qu'il était bel et bien l'homme le plus heureux du monde. Fernanda avait réussi à verser quelques larmes en pensant à son ancien chien Bobby, écrasé par une Range Rover noire un soir de pluie dans la banlieue de Rio de Janeiro, où elle avait passé son enfance. Pas de doute, non seulement elle allait avoir la moitié de la fortune de Hiro en cas de divorce, mais c'était un appel à une nouvelle vie, loin de tout, qui s'annonçait. Une larme coula sur sa joue, c'était une larme de bonheur.

***

La fête des fiançailles eut lieu dans les salons privés du Georges-V. Amoureux comme jamais, les deux tourtereaux papillonnaient de convives en tables, serrant des mains, enchaînant les embrassades, posant pour les photos. Le champagne coulait à flots, les 150 invités étaient ravis.

— Mes chers amis, nous avons une autre grande annonce à vous faire ce soir ! tenta de crier Hiro à l'assemblée, en tintant dans sa flûte.

— On le sait déjà, Fernanda est enceinte ! Ces kilos en trop ne se cachent pas aussi facilement, ma belle ! lança Sandra, la chef de Fernanda, déjà un peu éméchée. Ses avances faites auprès de son voisin de droite ne remportèrent aucun succès. Sa compagne de gauche, la femme de Stéphane – dont le sourire et la bonne humeur légendaires avaient disparu – était d'un ennui mortel. Comment une femme pouvait-elle être aussi inintéressante ? Bon, elle avait le mérite d'être jolie, acquiesça Sandra qui la fixait désormais du coin de l'œil, repensant à cette seule – et unique – soirée où elle fit l'amour à une femme, une artiste déjantée, un peu borderline, qui lui avait offert le plus puissant des orgasmes. Pour sécher ses lèvres, devenues tout à coup sèches, elle demanda au serveur de la resservir.

— Vous avez du Chablis ? Oh du Chardonnay, ce sera parfait, merci. Vous êtes célibataire ?

— Non Sandra, mais je te remercie espèce de… Hiro reprit le micro des mains de sa fiancée.

— Nous allons vivre à Tahiti. Avec l'accord de Stéphane, que je ne remercierai jamais assez, nous allons construire notre vie en Polynésie française. Vous y êtes tous invités puisque nous célébrerons notre mariage au Four Seasons de Bora Bora : rapide cérémonie le matin puis bringue le midi avec buffet et danses jusqu'au bout de la nuit.

— Nous n'accepterons aucune réponse négative, bon sauf pour toi Sandra, qui est largement dispensée de traverser le globe pour venir saccager notre bonheur, lança tel un missile Fernanda, qui n'avait pas pris le temps de réfléchir.

— OK, OK, pas de mauvais *Mana* ce soir, s'il vous plaît. Nous sommes incroyablement heureux de tous vous compter parmi nous ce soir. Amusez-vous et dites-nous rapidement quels horaires d'avion vous conviendraient pour faire le trajet Tahiti-Bora Bora. Les horaires sont derrière vous, certains devront arriver la veille, les vols sont rares sur Air Tahiti et Stéphane ne me paie pas encore assez pour affréter un jet privé.

Le clin d'œil de Hiro fit l'effet d'un poignard qui traversait lentement son corps, déchirant petit à petit ses tissus, ses muscles et fracassant ses os. Stéphane était au plus mal. Il avait essayé de caresser Hiro le soir où il avait accepté sa promotion, qui l'emmenait désormais à l'autre bout du monde. Il regarda sa femme, cruche comme pas possible, en train de demander si le caviar provenait d'esturgeons élevés bio. Mais pourquoi Sandra la fixait-elle ainsi ? Cette soirée n'était décidément pas à son goût. Heureusement que son chauffeur l'attendait – il avait laissé la Porsche Cayenne à sa femme, qui de toute façon ne buvait pas une goutte d'alcool, donc rentrerait prudemment, enfin elle essayerait. Il repartirait à son bureau peu avant 23 h et profiterait du corps athlétique et imberbe de Thierry, son chauffeur de 35 ans. Dix ans de moins que lui, toutes ses dents et un coup d'enfer.

Alors que le dessert venait d'être servi, Fernanda repensa à la réflexion de Gisele : *« J'espère que ce mariage se finira mieux que ton premier »*. Fernanda avait directement poussé sa sœur dans le couloir avant même que cette dernière puisse avoir le temps de finir sa phrase.

— Mais bon sang, tu vas la fermer oui ? Sinon, écoute-moi bien car je ne le répéterai pas. Si tu révèles à quiconque par mégarde, à cause de l'alcool, de ta pseudo-dépression ou nourrie par un quelconque esprit de vengeance, que j'ai été mariée, je peux t'assurer que toi aussi tu disparaîtras !

Placide, Gisele ne répondit pas tout de suite. Alors que sa sœur faisait demi-tour pour retourner à la réception, elle lui dit tout haut pour que les serveurs et les convives qui se rendaient aux toilettes puissent entendre :

— Tu sais, ta fête, elle craint. Maman a toujours eu raison, t'es une minable et tu resteras une minable. La seule chose agréable dans cette soirée de cul-serrés et d'égocentriques zombis, c'est cette femme là-bas !

Gisele pointa Sandra du doigt.

— Quoi, qu'est-ce qu'elle a ? C'est ma chef, dis-moi tout et tout de suite , lui assena Fernanda, toujours en colère.

— J'ai couché avec. C'est le pire coup qui puisse exister. Une catastrophe, une peine perdue cette mégère. Je me suis cachée toute la soirée pour ne pas qu'elle me voie.

La tension venait de redescendre d'un cran.

— Je m'excuse sœurette, jamais je ne te ferai de mal, souffla Fernanda dans l'oreille de sa sœur.

— Je t'aime plus que tout.

— Moi aussi ! lui répondit Gisele du tac-au-tac.

— Et promis, je ne parlerai plus jamais de Régis.

Fernanda leva les yeux au ciel, remit en place son bustier, s'humidifia les lèvres et repartit à la rencontre de son cher époux.

— *Cette bonne-femme n'est clairement pas à la hauteur ! Alors pour s'acheter de magnifiques tenues de créateurs… avec la carte de Hiro* coupa l'une des deux femmes, qui tenait particulièrement à cette précision… *là, il y a du monde. Ce qu'elle a dans les seins, c'est ce qu'elle a en moins dans sa cervelle.* Cette conversation avait attiré l'oreille de Gisele, l'inspirant au plus profond d'elle. Ce soir, elle peindrait une série complète de femmes, dont la tête serait microscopique et les seins, tellement énormes que l'œuvre sera étalée en triptyque pour permettre de voir l'intégralité de l'anatomie de ces femmes monstrueuses. Gisele se demanda un instant si elle n'aimait pas souffrir quand même un peu. C'est après des disputes, le plus souvent avec sa sœur ou des femmes de passage, qui traversaient sa vie aussi rapidement qu'un Airbus A380 en plein vol, qu'elle trouvait l'inspiration. Elle pencha la tête sur le côté. Oui, elle avait un côté masochiste. Elle quitta le couloir, où elle n'avait pas bougé depuis l'altercation avec sa sœur, prit une grande inspiration, s'arma de son plus beau sourire coquin et fit signe à Sandra.

Les derniers invités partirent juste après minuit après un *tamure* endiablé, enfin pour des *popa'a*, ils avaient réussi à se dandiner à peu près. Après une dernière danse, rien qu'eux deux et leur merveilleux avenir qui les attendait, alors que le service d'entretien commençait son service de nettoyage, Fernanda confia à Hiro n'avoir jamais été aussi heureuse qu'en cet instant. Et ce qui la perturba, c'est que c'était vrai.

***

Pour une fois, Stéphane était arrivé au bureau avant Hiro. Il le félicita à nouveau, non sans une once de jalousie, lui envoyant quelques pics sous la forme de gentillesse. L'horloge n'annonçait pas encore 8 h qu'Hiro appela Anastacia dans son bureau. L'assistante arriva en quelques secondes, un grand sourire aux lèvres.

— Pouvez-vous contacter au plus vite mon avocat ?

— Monsieur, j'appelle de suite Maître Amigo. Si ce dernier n'est pas disponible, puis-je prendre la liberté de contacter mon cousin Tony ? Vous savez, il est tout juste diplômé en droit des sociétés, ses conseils peuvent être avisés…

Hiro leva les yeux au ciel et, sans se donner la peine de répondre, fit un geste de la main à Anastacia, lui indiquant la sortie. Hiro commençait à en avoir marre des opportunistes. Le succès, la réussite professionnelle devaient-ils donc apporter leur lot de personnes « parasites » qui n'hésitent pas à vendre leur service ou ceux de leur mère, de leur père, de leur cousin éloigné ou de la fille du copain de la sœur de la voisine ?

Hiro était tracassé. Les événements récents avaient atteint une vitesse qu'il ne pouvait plus maîtriser. Un déménagement à l'autre bout du monde – certes Tahiti, son Île, son Fenua, sa Terre – était synonyme de rouvrir le passé. Un passé qu'il avait essayé d'oublier, d'échapper en acceptant la concession de vivre loin des siens, dans une ville grise et polluée. Le chantage de Fernanda, qui n'accepterait de déménager que s'il lui passait la bague au doigt, l'avait empêché de dormir depuis une semaine, sept jours précis depuis l'annonce de leurs fiançailles à tous leurs proches. Fernanda s'était montrée beaucoup plus prévenante, docile, à l'écoute. Hiro n'arrivait pas à décrire ce qu'il ressentait, l'atmosphère qui avait changé dans leur appartement. Les remarques désobligeantes de Stéphane n'aidaient en rien à avoir un esprit serein.

***

Maître Amigo jouissait d'un superbe cabinet, situé à Neuilly-sur-Seine. Un hôtel particulier construit sur un parc verdoyant. L'avocat avait installé son bureau au rez-de-chaussée, il avait aménagé ses appartements aux deuxième et troisième étages.

— Bonjour, Hiro, c'est un plaisir de vous voir. Je ne pensais pas que notre prochaine rencontre se passerait avant plusieurs années. Installez-vous, je vous en prie. Café, thé ?

L'homme avait la cinquantaine, très bien conservé, ses cheveux blancs, coupés courts, rajoutaient de la dureté à son visage carré. Ses yeux d'un bleu profond rappelaient à Hiro le lagon de Huahine. Il chassa rapidement cette image de la tête, car oui, il voulait faire découvrir à Fernanda, sa magnifique fiancée, les plus beaux archipels et atolls que pouvait offrir la Polynésie française, mais avant il devait se protéger.

Une fois les formules de politesse passées, Hiro rentra dans le vif du sujet. Avec des honoraires dépassant les 400 euros de l'heure, il valait mieux commencer, et le plus tôt possible. Il expliqua tout et dans les moindres détails. Jamais il ne gagnerait autant sans accepter des pots-de-vin de riches clients. Poussé par Stéphane, il avait été jusqu'à détourner de l'argent, des millions d'euros, placés sur un compte à Zurich.

— Si vous aussi, vous aviez eu l'enfance que j'ai eue, croyez-moi vous comprendriez ! Je vous rassure, aucune action en justice n'est lancée, je n'ai éveillé aucun soupçon mais je tiens à garder cet argent dans un compte qui restera protégé, et surtout caché. Je vais prochainement me marier, je tiens à protéger ma future épouse, que j'aime plus que tout. S'il devait lui arriver quoi que ce soit à cause de moi, je ne me le pardonnerais jamais.

— Hiro, de quelle somme précisément parle-t-on ? Si vous aviez l'accord de votre direction, vous êtes protégé. Après, il sera délicat pour moi d'avancer ces arguments sans preuve. Vous me suivez ?

— Je suis arrivé chez Sayer Ventures il y a deux ans. J'ai très vite gravi les échelons, et ce n'est qu'à partir de l'année dernière que j'ai commencé à modifier les factures clients et à leur demander le versement de la moitié sur mon compte en Suisse.

— Hiro, dites-moi le montant dont nous sommes en train de parler…

L'avocat commençait à perdre patience, ses yeux froncés faisaient accentuer ses rides au niveau du front.

Hiro était mal à l'aise. Pourquoi avait-il décidé d'en parler ? Il n'avait éveillé aucun soupçon du service comptabilité du cabinet.

Était-il devenu un homme dénué de toute conscience morale, capable de vols, de mensonges et de trahison ? Il en eut le cœur soulevé. L'image qu'il renvoyait face à cet avocat, confortablement installé dans son fauteuil cabriolet en cuir, ne lui plaisait absolument pas.

— J'ai modifié 26 factures, engrangeant au total 42 millions d'euros. Nous validons les factures pour chaque client en comité d'administration chaque semaine. Pour mes clients, je ne faisais pas remonter le même montant au service comptable qu'aux services financiers de mes clients. Mon chef s'en est rendu compte. Me révélant qu'il avait été agréablement surpris de cette manipulation, il m'a offert un poste d'associé, que j'ai accepté après maintes réflexions. J'ai accepté plusieurs conditions – dont je ne rentrerai pas dans les détails – pour garder son silence. Je suis désormais muté dans le Pacifique Sud. C'est le résultat d'un commun accord qui nous arrangeait tous les deux, mon chef et moi. Je souhaite donc que cet argent soit en sécurité et que personne n'en découvre l'existence.

Maître Amigo hocha la tête et referma son carnet de notes. Il referma son stylo plumes Cartier et le posa à la droite de son carnet en cuir noir. Les mains jointes, posées sur son bureau, il sourit à Hiro. Personne ne serait au courant de l'existence de ce compte. Il s'attendait, comme il l'avait vu pas plus tard que la semaine dernière, à un montant dépassant les 100 millions d'euros. Dans ce cas, le problème était plus gros à cacher.

***

Comment se prépare-t-on à vivre à l'autre bout du monde, sur une île aussi grosse qu'un caillou, perdue au milieu du Pacifique ? Comment se créer de nouveaux repères, modifier ses habitudes de fond en comble ? Jusqu'à quel point a-t-on envie de laisser sa précédente vie ? Vivre une vie insulaire est plus qu'un mode de vie, c'est un état d'esprit, une remise en question permanente ; une bulle dans un monde devenu violent et agité. Dois-je rester ? Dois-je partir ?

Il n'y a pas de bonne réponse, le simple fait de se poser ces deux questions montre que la sainité mentale est toujours bien présente.

Fernanda a grandi dans la banlieue de Rio de Janeiro. Alors collégienne, elle aimait se perdre en regardant le fameux Pão de Açúcar depuis la plage d'Ipanema. Une enfance passée avec un père bouillonnant de vie et adorable, et une mère stricte mais maternelle et aimante. Une mère qui a toujours encouragé ses filles à s'épanouir, à devenir les meilleures versions d'elles-mêmes. Alors, pourquoi Fernanda a-t-elle toujours été en conflit avec elle ?

Carolina, leur mère, était la benjamine d'une fratrie de cinq enfants, fille de fonctionnaires établis à Sao Paulo, avant de déménager dans le Nordeste et d'ouvrir une maison d'hôtes à Jericoacoara, haut spot touristique brésilien, connu pour ses dunes de sable et son centre-ville pittoresque, accessible à pied ; petit bourg regroupant des cafés, des boutiques de maillot de bain et de bijoux artisanaux. La ville était des plus paisibles pendant la saison basse, avant d'accueillir des touristes par dizaines de milliers en été. Carolina avait adoré le déménagement de la famille de Sao Paulo à Jericoacoara, quittant leur appartement pour une maison avec un jardin, des poules, et le luxe de pouvoir se balader pieds nus sous le sable des petites allées dans la ville, pour aller et revenir du collège. Ses parents étaient devenus plus calmes, plus posés, plus présents aussi. La tribu, composée de Carolina, Alessandra, Jacqueline, Luiz et Pablo, l'aîné, s'en était retrouvée plus soudée, plus confiante, plus proche. Les aînés veillaient sur les benjamins et la famille se contentait des aliments naturels, issus de leur propre jardin pour se nourrir : baie d'acaï, guarana, maracuja, caju, abacaxi, autres mangues et goyaves. La télévision n'était pas autorisée et les parents, conscients d'avoir désormais une vie agréable, à l'abri des problèmes matériels, encourageaient la lecture et les activités sportives en plein air : natation dans les lacs, danse sur la terrasse en teck, randonnées dans le désert. Alessandra s'essaya même au ju-jitsu quand un cours a ouvert dans le village, avant de rentrer en pleurant suite à une défaite sur le tatamis. Luiz et Pablo, les aînés, ont intégré en premier l'université, l'un à Rio de Janeiro, l'autre à

Lisbonne, au Portugal. Ils y ont fait leur vie, tous les deux mariés avant l'obtention de leur diplôme.

Tout juste âgée de 15 ans, Alessandra s'est entichée d'un grand brun aux yeux bleus, des cheveux épais et bouclés, un sourire malicieux. Pedro était le fils de la boulangère ; les pan de quejo préparés par sa mère étaient connus à des kilomètres. Alessandra et Pedro fréquentaient le même collège. Leur relation serait restée platonique – ils s'asseyaient toujours l'un à côté de l'autre sur le petit banc en bois de l'école durant la récréation – si Alessandra ne lui avait pas donné la main sous la table, lors d'un cours de physique tellement ennuyant que même regarder une mouche s'envoler représentait une activité notable pendant cette heure interminable. Pedro attirait les regards. Grand, à forte carrure mais avec un corps mince et longiligne, il captivait n'importe qui grâce à sa simple présence dans une pièce, et il suffisait pour lui de sourire pour obtenir absolument tout ce qu'il voulait, aussi bien de ses parents, que de ses professeurs. Le simple fait qu'il ne repousse pas Alessandra donna à l'adolescente une force et une joie des plus profondes. C'était avant qu'elle ne découvre qu'il sortait déjà avec Gabrielle, la prof de chimie. Leur idylle durait depuis 3 mois ; une romance autant passionnée que secrète, encouragée par la mère de Pedro, qui y voyait une forme d'ascension sociale pour le jeune homme, un levier vers un potentiel poste de fonctionnaire et elle avait la peau plus claire qu'Alessandra. En confiant à ses sœurs ce qu'elle avait entendu à la boulangerie le matin même, Alessandra obtint le réconfort attendu de ses deux sœurs. Le Brésil contemporain reste toujours marqué par une mixité raciale incontestable mais le pays connaît toujours racisme, exclusion et brimades envers les peaux plus foncées. Les trois sœurs firent alors le pacte de ne jamais, ô grand jamais, fréquenter un Brésilien dont les origines sont Européennes, un Brésilien blond aux yeux bleus, tout aussi Brésilien qu'elles mais sans les cheveux foncés ou les courbes généreuses.

Jacqueline avait 21 ans, Alessandra 18 et Carolina 16 quand le pacte fut rompu par cette dernière. Carolina n'était pas faite pour les études. Dotée d'un esprit libre, volage, elle avait en horreur l'exiguïté des salles de classe, la routine des réveils, voir les mêmes têtes tous les jours avec les mêmes professeurs, d'année en année avait le don de la mettre en rogne. Elle ne vivait pas dans un spot magnifique, classé au Patrimoine Universel de l'UNESCO, pour rester enfermée toute la journée. À 16 ans, en rentrant de son cours de français, la décision était prise. Nous étions en juin et elle ne retournerait plus au lycée. Alors que ses notes dépassaient la moyenne – tout juste ce que ses parents lui demandaient –, elle posa son sac à dos, qu'elle portait généralement nonchalamment sur une épaule, en sortit tous ses livres et cahiers, regroupés en une pile sur la table en bois de la salle à manger.

— Maman, il faut qu'on parle.

— Bien sûr, ma chérie, que se passe-t-il ? Tu as l'air en colère ! Dis-moi tout.

— Mais non, tu ne comprends pas ! Je ne suis pas en colère, bien au contraire, je suis heureuse comme jamais. J'ai trouvé ma vocation et tu vas être fière de moi.

Sa mère ne disait rien. Son torchon accroché à l'épaule battait au rythme du vent. Les fenêtres de la grande maison étaient en permanence ouvertes.

— Je vais t'aider pour la maison d'hôtes. Vous êtes débordés avec Papa, entre toi qui enchaînes les repas, la comptabilité, l'accueil et lui les visites, les recommandations, la promotion de la maison, les brochures publicitaires, le site Internet. Je peux vous aider, je peux faire les lits, apporter les savons, je peux même accompagner les touristes dans la ville. Personne n'aime et ne connaît Jericoacoara comme moi, et tu le sais.

Carolina avait raison. Depuis 8 ans que la famille avait quitté Sao Paulo, elle avait arpenté toutes les ruelles en long et en large, elle s'échappait sur les dunes dès qu'elle le pouvait, comme absorbée par ce gigantesque désert de sable. Elle était d'un naturel jovial, travailleur, adorée de tous : les commerçants, qu'elle saluait en chemin vers le lycée, ses professeurs, qui reconnaissaient son travail acharné.

— Tu veux donc arrêter l'école ? Sa mère commençait à s'inquiéter. Tes deux frères sont partis à l'université ; je veux que mes filles suivent leur trace. Qu'elles deviennent indépendantes, des femmes fortes à qui rien ne fait peur et à qui personne ne résiste.

— J'ai appris ce que je devais à l'école ! Laisse-moi ma chance, maman. Tu ne seras pas déçue.

Carolina fit un clin d'œil à sa mère et monta quatre à quatre les marches pour rejoindre sa chambre. Cette fille pouvait décidément changer une journée normale en ouragan à nouvelles. Bonnes ou mauvaises. Izabel verrait ce soir avec son mari ce qu'il en pense. En plus de la maison familiale, ils avaient aménagé les dépendances en chambres pour accueillir les touristes qui se pressaient du monde entier pour assister à un coucher de soleil depuis les dunes de Jericoacoara. Leur adresse était réputée, il fallait s'y prendre des mois en avance pour avoir la chance d'y séjourner. Les six chambres du domaine donnaient toutes sur une cour privée, au milieu de laquelle une piscine permettait de faire quelques longueurs avant qu'Izabel serve ses fameuses tartes à la mangue et à la menthe, avec une, deux, ou trois Caipirinhas, selon l'humeur du touriste, et surtout sa nationalité. Les Français étaient grincheux et radins, les Anglais raffolaient des frites maison et les Américains, peu dégourdis, ne visitaient que peu de choses des environs, sauf en excursion, confortablement installés dans l'un de ces SUV au toit ouvert, qui offrait un semblant d'adrénaline dans les descentes des dunes.

Il était 21 h, Carolina écoutait *Mas que Nada* de Sergio Mendes & Brasil 66, sa chanson préférée, dans sa chambre, quand ses parents toquèrent doucement.

— Chérie, peut-on peut rentrer ?

— Bien sûr ! répondit Carolina avec un large sourire. Elle tenait ses longs cheveux en une queue de cheval, ce qui lui donna quelques années de plus aux yeux de son père.

— Nous avons bien réfléchi, ta mère et moi, et nous acceptons que tu quittes le lycée mais à deux conditions. La première : ce n'est que provisoire. Tu intégreras ta classe dès l'année prochaine. La deuxième : tu accepteras d'assurer l'accueil des touristes. Entre ceux qui arrivent de Fortaleza en bus, ceux qui viennent ici en avion et ceux qui arrivent avec leur propre voiture, le hall d'entrée peut vite ressembler à l'aéroport JFK un 15 août ou pire, un premier jour des soldes à Paris, et crois-moi nous avons assisté à cette horrible scène, ta mère et moi. Je ne le souhaite pas à mon pire ennemi. J'ai vu la haine dans les yeux de ces femmes : tirer sur des chiffons pour économiser quelques euros ; cette vision me hantera à jamais.

Carolina sauta de joie et prit ses parents dans ses bras.

— Merci, merci, merci. Je sais que je peux vous aider et je serai tellement heureuse de faire découvrir notre ville aux étrangers. Ils verront quelle chance nous avons de vivre ici. Quant à l'accueil, aucun problème, je réceptionnerai les demandes et veillerai à leur arrivée de A à Z. Vous pouvez me faire confiance.

Le premier jour de Carolina à l'accueil fut marqué par un couple de Colombiens charmants, qui la gratifièrent d'un énorme sourire dès leur arrivée. Ils trouvaient leur chambre adorable, elle en était ravie. S'ensuivirent un couple d'Australiens, une Française en road-trip, une famille chinoise (des plus désagréables, qui se plaignirent à tout va du peu de réseau Internet disponible), de Brésiliens en week-end –, certains, huppés, arrivaient directement de mégalopoles, qui avaient connu un boom économique sans précédent comme Fortaleza – avec leur Range Rover. C'était sans compter l'interdiction, désormais, d'arpenter le parc de Jericoacoara sans guide et sans voiture homologuée. Carolina fut charmée par une famille suédoise (5 enfants, se dit-elle, c'est aussi ce qu'ont dû penser les autres personnes, mais waouh, quelle fertilité ces Nordiques quand même !). Mais l'univers de la jeune fille bascula exactement 4 mois après sa prise de poste.

Il était environ 8 h du matin. Comme d'habitude, elle avait étendu le linge, répondu à quelques e-mails : des demandes d'informations et des réservations. Les gens aiment fantasmer, se créer des histoires, faire perdre leur temps à d'autres, qui eux ont moins de temps de disponible, c'est la vie, se disait Carolina. Elle releva la tête de son ordinateur, le ciel était déjà lumineux, les oiseaux chantaient, son client américain débarqua, un grand sourire aux lèvres qui mettaient en valeur ses fossettes. Il la salua d'un *« bom dia »* des plus adorables, avec un accent à la fois très tranché mais qui sonnait divinement bien à l'oreille.

— Monsieur McClarck, je suppose ?

Carolina s'avança et tendit sa main. L'homme était grand, robuste, des épaules carrées, châtain clair et des yeux bleus perçants.

— Vous avez l'œil, vous dites donc ! C'est bien moi. Je ne savais pas que j'étais connu jusqu'au fond du désert brésilien. Je me sens flatté.

Mais qui est cet homme ? se demanda Carolina, tout à coup confuse. Il aura fallu une demi-seconde pour que la gêne s'installe. Je ne peux pas gérer une célébrité, on a même plus de jus de goyave frais. Je n'ai qu'un verre d'eau à lui proposer. Ses joues commençaient à rougir. Carolina esquissa un sourire que toute personne aurait pu percevoir comme forcé à cinq kilomètres à la ronde.

— Je m'excuse, je ne voulais pas vous mettre mal à l'aise, lui glissa Tim McClarck avec un clin d'œil. Il lui serra la main qu'elle lui tendait. Une main qu'elle trouva enveloppante, grande et la sensation de sentir quelques-uns de ses poils la refit rougir.

« Je ne suis pas une célébrité, je plaisantais. J'ai juste eu l'impression que j'étais attendu, c'est agréable, surtout lorsque l'on est loin de chez soi ! »

— Vous êtes de New York si j'en crois votre formulaire de réservation, c'est bien ça ?

Carolina commençait à se détendre. Malgré le soleil qui aveuglait la réception de la pension, elle le fixa plusieurs secondes droit dans les yeux.

— Je suis impressionné. Je n'ai plus rien à vous cacher, lui répondit Tim du tac-au-tac. Tim McClarck vivait à Manhattan. Ses parents, deux producteurs d'Hollywood l'avaient élevé en Californie. C'est à Mulholland Drive puis Malibu qu'il grandit, avant d'intégrer la Côte Est pour ses études. Brillant commercial, il était négociant en pierres précieuses pour une maison de joaillerie française. Il voyageait dans le monde entier –, Afrique du Sud, Brésil, Colombie, Éthiopie, Australie – à la recherche de diamants, émeraudes, saphirs à acheter pour le compte de son entreprise. Les pièces étaient ensuite posées et intégrées dans des montures uniques, dont certaines pièces étaient portées par les derniers mannequins en vogue au Festival de Cannes ou les actrices en lice pour les Oscars. Il avait d'ailleurs assisté un jour à un essayage Place Vendôme. La mannequin, connue pour son professionnalisme et sa constance, cartonnait (c'était avant l'ère des réseaux sociaux et des Instagram Models), arrivait directement de New York. Elle était à Mexico la veille et Madrid l'avant-veille. Elle commença à marcher et s'effondra dans le bureau en acajou du « designer », un homme connu pour son excentricité et son manque d'empathie.

— Qu'on lui apporte de la San Pellegrino et une pomme. Et qu'on lui montre la sortie !

Le fitting s'est finalement terminé avec le collier enlacé en forme de serpent, avec deux diamants de plusieurs dizaines de carats pour représenter les yeux de l'animal, au cou de son assistante. Tim avait été bouleversé par ce manque d'humanité. Il détestait Paris, sa mentalité, ces gens qui viennent de régions paumées en France et estiment, le pied à peine posé à la Gare Montparnasse, que ça y'est ils ont réussi. Réussi quoi ? La question demeure ! Quand la maison de joaillerie avait proposé un poste à Tim, avec présence dans ses bureaux parisiens, ce dernier avait immédiatement refusé. Il était doué, c'était un homme de terrain, il savait négocier, il avait une humanité rare qui lui permettait d'assurer aux miniers qu'un salaire juste et équitable leur serait versé, et aux propriétaires des pierres, une transaction transparente au prix du marché. Son employeur a finalement accepté qu'il vive à New York. Ses journées se déroulaient en partie dans les avions, les halls d'aéroport et les hôtels. Paris ou New York, pour son employeur, c'était du pareil au même.

Après plusieurs relations de courte durée, toutes se terminant en échec cuisant avec parfois des insultes en provenance de ses dulcinées éconduites, Tim avait décidé de prendre quelques vacances. Il venait de boucler une transaction à Sao Paulo et avait sauté dans un avion. Direction le Nordeste, son climat tropical et sa population accueillante, chaleureuse et décontractée. Il ne s'attendait pas à y rencontrer la femme de sa vie, qui deviendra la mère de ses deux filles.

— Laissez vos bagages dans le hall, je vous les monterai dans un instant. Je vous laisse remplir le formulaire d'arrivée, juste ici !

Carolina pointa du doigt le comptoir en bois installé directement dans le sable, dans le hall ombragé par un toit construit en paille séchée.

— Je m'appelle Carolina et serais votre point de contact pendant votre séjour : cinq nuits si vos informations remplies en ligne sont correctes. Vous devez être épuisé par votre voyage, je vous montre tout de suite votre chambre.

Tim venait de reposer le crayon, son formulaire rempli. Il aimait le dynamisme de cette jeune brune au regard pétillant et à la joie de vivre débordante.

— Vous savez quoi, chère Carolina ? Je ne suis absolument pas fatigué. Certes, je n'ai pas beaucoup dormi cette nuit mais je n'arrive pas de New York, je suis au Brésil depuis une semaine. Montrez-moi les plus beaux joyaux de votre ville !

Ne sachant pas qu'il gagnait sa vie en vendant des pierres précieuses, cette petite blague n'eut pas l'effet escompté sur Carolina, qui d'ailleurs devait avoir des problèmes de vision. Elle le fixait en plissant les yeux et sans mot dire. Non, Carolina n'était pas entièrement aveuglée par le soleil, cet homme l'attirait. Mais il était beaucoup trop beau pour ne pas avoir dans sa vie une femme, voire deux ou trois dans quelques ports du monde entier.

Les cinq jours de Tim McClarck se sont transformés en 2 mois. Il prit plus de vacances que prévu. Ses journées au côté de Carolina étaient un régal pour son âme, son esprit et son corps, avec des randonnées quotidiennes dans le sable, des baignades dans les lacs et des festins de poisson frais. Un bonheur aussi simple qu'éphémère. Sur un coup de tête, Carolina accepta son invitation à le rejoindre à New York. Elle perdit sa virginité avec lui dans le vol N° 9878 Rio de Janeiro - New York d'American Airlines. Elle aimait ses grandes mains sur son corps, son accent américain quand il prononçait des phrases en portugais, son sourire qui la dévorait à son réveil, ses lèvres douces et son regard enjoliveur. Le couple vécut 3 ans à New York ; Carolina travaillait 7 j/7 en tant que réceptionniste dans un hôtel de l'Upper West Side, Tim multipliait comme toujours les voyages d'affaires. Il découvrit sa première grossesse à Genève. Elle avait été malade toute la semaine, elle en connaissait maintenant la raison. Tim était fou de joie, Carolina beaucoup moins. Elle ne voulait pas d'enfant. Elle ne voulait pas se marier. À 21 ans, la société attend de vous que vous soyez mariée, à 25 ans les enfants doivent déjà gambader dans vos pattes... sinon vous êtes une ratée. Carolina ne voulait pas de ce carcan, elle voulait profiter de sa jeunesse, de sa vie auprès de Tim. Élever un enfant à Manhattan n'était pas dans ses plans, et puis elle vivait loin de sa famille adorée, et au Brésil rien ne remplace la famille. Devant la joie de Tim de devenir père – il avait déjà 32 ans –, Carolina se persuada que la vie ne pourrait qu'en être plus belle. C'est par un jour pluvieux que naquit Fernanda Oliveira dans la clinique du Mount Sinai à New York. De mémoire de sage-femme, aucun bébé n'avait pleuré aussi longtemps. Avec ses 3,2 kg, elle avait pleuré 6 six heures d'affilée, refusant le sein et poussant des cris stridents à l'approche de sa mère.

— Votre fille sera caractérielle, affirma Brenda, la gentille Afro-Américaine qui apporta un café à Tim, allongé et assoupi sur le canapé avec sa fille. La petite avait enfin réussi à se taire, uniquement quand son père l'avait prise dans ses bras.

Deux ans plus tard, Carolina accouchait de Gisele, magnifique bébé d'un calme olympien. Une tétée et elle s'endormait. Quel calme après la tornade Fernanda.

Trois ans plus tard, la petite famille emménageait dans un magnifique triplex de Rio de Janeiro. Carolina avait fini par demander Tim en mariage, à la surprise générale.

— Perdu pour perdu, nous allons ressembler à ces familles qui cochent des cases : mère, check, épouse, check... donc voulez-vous devenir officiellement mon mari ? Sinon ce sera bizarre pour les filles, non ? Voilà comment Carolina Oliveira est devenue Carolina McClarck.

Cette famille ordinaire aurait pu vivre une vie rêvée jusqu'au fameux soir du 26 août. Le soir où Tim McClarck perdit la vie. Il avait 57 ans et c'est dans ses derniers instants qu'il comprit qu'il ne fallait pas contrarier sa fille aînée.

Chapitre 3
Ia Orana e Ia Maeva

Tous les guides et tous les pseudo-livres écrits par des *Popa'a* vous le diront : l'arrivée sur le tarmac de l'aéroport international de Tahiti Faa'a est inoubliable. Que vous arriviez par le vol d'Air Tahiti de 3 h, le vol d'Air France de 9 h ou le vol de French Bee de 17 h, la chaleur est moite, les couches de vêtements s'enlèvent les unes après les autres.

— Il fait déjà bien chaud.

— Oui Micheline mais on avance, on a encore les musiciens avec leurs ukulélé à passer, avant l'enfer des bagages (planches de surf, poussettes, glacières et j'en passe) puis la douane et enfin la liberté.

Hiro et Fernanda passèrent la majeure partie du tronçon Los Angeles – Tahiti endormis, leurs doigts entrelacés. Ils dormaient depuis 7 h quand Poema, l'hôtesse de la Classe Business, les a réveillés pour leur proposer du champagne, un jus d'ananas Rotui et des viennoiseries avant leur descente vers Tahiti, prévue dans une heure. Fernanda avait beaucoup voyagé et connu des escapades somptueuses : les temples de Bali, les plages de Cuba, Zanzibar, la Malaisie, Phuket, mais dans son esprit les Seychelles restaient son plus beau souvenir. Elle y célébra sa première lune de miel, sans avoir la moindre idée du cauchemar qu'elle vivait alors.

Fernanda prit sa trousse de toilette, pas celle offerte par Air Tahiti Nui, mais sa Louis Vuitton et alla se rafraîchir. Son mariage prochain faisait ressortir des souvenirs qu'elle tentait d'oublier. En voulant se brosser les dents, elle s'aperçut que sa mâchoire était crispée.

— De toute façon, rien ne pourra égaler Les Seychelles, son Fenua, je vais lui faire…

— Tout va bien, Madame ?

— Oui absolument, merci beaucoup !

Doux Jésus, l'hospitalité polynésienne ne pouvait pas déjà commencer dans l'avion ? Fernanda avait encore trop de colère, d'esprit critique, de condescendance.

— Poema, ta fleur de tiare j'ai envie de te l'enfoncer tellement profondément qu'elle chatouillera tes amygdales, et là enfin peut-être avec un début d'hypothèse d'espoir, tu te la fermeras !

— Pardon ? dit l'hôtesse tout sourire, toujours en position stand-by devant la porte des toilettes verrouillée.

— J'adore votre savon à l'odeur d'hibiscus, lui confia gentiment, avec un sourire plein de tendresse, Fernanda en sortant des toilettes. Elle rejoignit son futur mari, l'embrassa sur le front et l'enjamba pour rejoindre sa place côté hublot. Ce vol est vraiment, vraiment, vraiment interminable. Fernanda et Hiro auront fait 2 fois l'amour avant de rejoindre Tahiti, un orgasme chacun son tour sur chacun des 2 vols.

La chaleur et la moiteur de l'air ne surprirent pas autant Fernanda à son arrivée à Tahiti que l'accueil réservé par les feti'i de Hiro. Toute la famille était présente : sa mère Vaitapu, son père Temoana, ses matahiapo, sa sœur Heremanui, son frère Tupa, toutes les tantes accompagnées de leurs maris, mais aussi les voisins, les copains d'enfance (ceux du surf, du va'a, du lycée)… Une profusion d'amour à l'état brut : des câlins, des bisous, des embrassades. Fernanda se laissa conquérir par cet élan et enlaça tout le monde. Le bonheur pur, simple, des moments dans l'instant présent, une communion, cet alignement avec un Amour plus grand que soi, une connexion à l'Univers.

Les bagages chargés dans les pick-up, les colliers de fleurs bien accrochés autour du cou, il est 7 h et le soleil s'est déjà levé. Il fait beau, il fait chaud, direction la maison des parents de Hiro pour un petit déjeuner traditionnel. Au menu : poisson cru au lait de coco, firi firi, tartines de beurre, café au lait. Le *fare* dans lequel a grandi Hiro est simple : un petit jardin, une petite vue sur le lagon entre la rade de

Papeete et l'aéroport. Les coqs tentent d'échapper aux chiens, les chats se prélassent au soleil.

— Je suis tellement heureux d'être avec vous. Mon cœur est rempli. Je vais faire les présentations officielles : papa, maman, voici Fernanda, ma future femme. Comme vous pouvez le voir, je ne l'ai pas inventée. Pas la peine de la pincer, elle est bien réelle.

— Je suis enchantée de vous rencontrer, merci pour cet accueil.

Les deux parents se turent, regardant en face un point fixe. Le silence se prolongea quelques secondes avant que Vaitupa leur propose de rejoindre leur chambre. Ils doivent être épuisés du voyage.

— Allez poser vos valises dans la chambre d'ami. C'est l'ancienne chambre de Hiro et venez nous rejoindre sur la terrasse pour un bon ma'a matinal.

Temoana prit son fils dans ses bras.

— Tu commences quand ton nouveau travail ?

— Je prends mes fonctions dans un mois donc j'ai tout le temps de me reposer et de profiter de vous. Il faut que je trouve un bureau dans le centre-ville de Papeete puis notre coordinateur régional achètera les meubles et les fournitures. J'ai déjà des idées de potentiels clients pour faire du Pacifique le prochain territoire de l'innovation internationale. Chez nous, ce n'est pas que le coprah et la coco, nous avons des talents magnifiques, des jeunes dynamiques, des idées. Je vais les soutenir, les aider et financer leurs projets. Il faut aussi que je rencontre les personnels publics, si nous pouvons tous travailler de concert, ma mission sera réussie.

Hiro avait les yeux qui pétillaient, il se resservit une portion de poisson cru. Vaitapu proposa des firi-firi à faire tremper dans la pâte à tartiner à Fernanda, qui refusa poliment.

— Tu vois l'amour que porte mon fils pour son Pays ? Tu vas le découvrir par toi-même, la vie insulaire recèle d'avantages indéniables : une communauté soudée, des mœurs établis, des repères géographiques délimités. Une bulle dans une bulle. De par leur enclavement géographique, nos îles polynésiennes jouissent d'une qualité de vie qui leur est propre. Nous possédons une tradition orale dans laquelle les contes et légendes sont racontés de génération en génération. Nous avons nos propres langues, un rapport à la nature particulier et, crois-moi, chaque Tahitien ne va pas voir qu'un arbre, il va voir un être vivant qui respire et il va le remercier, car sans lui il sait qu'il ne serait pas là. Je fais une généralité, je le sais, mais vous les jeunes, vous avez tendance maintenant à vouloir vivre la vie « à fond la caisse », mais crois-moi ma petite, tout se passe dans l'instant présent. Le passé n'existe pas, tu ne peux pas le toucher, et le futur non plus. Ce sont des projections, parfois des souvenirs. Tu vas le découvrir, ici, dans nos îles, le temps est différent. Rien ne sert de courir, la lune sera là ce soir, et les étoiles aussi. Prépare-toi aussi à ne pas avoir un réseau Internet fiable et c'est très bien. Je ne peux pas m'empêcher de rigoler quand j'entends des jeunes râler devant leurs téléphones. L'homme est un animal social, ici tout le monde se connaît ou presque et les gens se parlent. J'ai vécu deux ans à Paris, mon âme mourrait à petit feu : pas d'échanges, pas d'interactions, aucune entraide. Je ne sais pas si les choses ont changé depuis mais pour rien au monde je ne revivrai cette époque. Désormais, les jeunes rêvent de modernité, ils veulent des vêtements de créateurs, des voitures de luxe, des appartements confortables. La vraie vie est dans les quartiers ma chérie, dans les faré traditionnels, là où nous faisons pousser nos *fa'a'apu*. J'ai vu trop de mes amis d'enfance et même des oncles et tantes se disputaient pour vendre leurs terres aux promoteurs immobiliers. Des familles se sont déchirées pour la vente de leurs propriétés ancestrales. C'est ça aussi Tahiti. Je sais que vous allez vivre dans un lotissement cossu mais tu m'as l'air d'avoir vécu ma petite. Si tu rends mon fils heureux, tu seras toujours ma fille. Par contre, tu lui fais du mal, et là ce sont les tontons qui débarquent avec le *coupe-coupe*. Je ne plaisante qu'à moitié mais depuis quelques années, nous les Tahitiens, nous commençons à être *fiu* des arrivées massives des métropolitains. Ces popa'a ne respectent rien. Il y a dix ans, ils étaient souriants et chaleureux. Maintenant, ils viennent faire du business et c'est reparti pour l'époque coloniale avec regards méprisants et comportements *cheap*. Ces *Brad* se croient uniques, intéressants, mais en réalité nous sommes tous reliés, tous interconnectés. Je pense que nous provenons d'une Source unique, appelle-la Dieu, moi je l'appelle l'Univers, et que nous vivons des expériences humaines avec un but précis. Nous recherchons tous l'Amour et le Pardon, c'est aussi simple que ça. Alors quand je vois nos enfants du Fenua qui n'arrivent pas à rentrer chez eux car les mutations sont données à des métropolitains horribles qui débarquent avec leurs cruches et leurs mouflets, là pour moi c'est le coup de grâce. Tu n'imagines donc pas le bonheur que me procure le retour de Hiro, car l'Océanisation des cadres, c'est une expression qui fait bon genre ici à l'Assemblée de Tarahoi, mais dans les faits, c'est encore trop rare. C'est le jeu de nos hommes politiques, et attends de voir la période électorale, c'est digne d'une série avec retournements, magouilles et coups bas. Tu as l'air d'une fille intelligente, j'espère que tu as conscience de la chance d'être ici. Tahiti sera toujours ton île tant que tu la traites avec respect. C'est grâce à toi que mon fils est revenu donc mauruuru ma chérie d'avoir accepté de tout quitter pour lui. Nous avons notre monoï et nos bougainvilliers mais nous sommes surtout un peuple de aito. Des guerriers îliens coincés entre traditions et modernité, mais nous avons toujours un temps d'avance sur le monde, non pas en raison du décalage horaire, mais parce que nous savons que le monde est un lieu en perpétuel mouvement, et si tu ne t'adaptes pas, que tu n'évolues pas, que tu ne cesses d'apprendre, tu perds pied et le monde t'envahit. Nous, on voit les citadins devenir fous, ils viennent se recharger deux semaines et repartent. Mais ce n'est pas une vie, donc nous avec nos mamas, on les regarde en silence et puis on continue nos vies mais les vagues ne sont jamais plus hautes que nos genoux. Et les jours où elles atteignent nos épaules, nous avons dix personnes qui se précipitent et nous soulèvent. Le Tahitien ne se noie jamais, soit il plonge, soit il compte sur ses feti'i pour venir le sauver. L'entraide et la compassion, ma chérie, c'est la vie.

— Maman, quand tu as un sujet en tête, vraiment personne ne t'arrête. Et tous les quatre éclatèrent de rire. Vaitupa avait fait passer son message : vivre à Tahiti ne signifie pas être Tahitien, il faut mériter ce titre.

— Et votre mariage, ça avance ? Oh j'ai oublié de vous féliciter, mes chéris, s'enquit le père de Hiro.

— Nous avons deux semaines pour tout finaliser, le prêtre est trouvé. Toute la cérémonie aura lieu au Four Seasons de Bora Bora. Je me disais que nous pourrions arriver tous les quatre la veille, si vous le voulez, ainsi que ma sœur qui va nous rejoindre de Paris, où elle est en vacances en ce moment. Le prêtre est trouvé, ma robe aussi, et, croyez-moi, ce ne fut pas de la tarte. Je n'en dirai pas plus mais j'aurai la chance de porter une robe faite sur-mesure d'un grand créateur. Vera Wang…

Silence dans le jardin. Vaitupa inclina la tête, Temoana acquiesça en silence, Hiro s'endormait à cause du décalage horaire mais il trouvait cette conversation surréaliste.

— La créatrice américaine, ça ne vous parle pas ? Non ? Enfin bref, je la recevrai dans une semaine maximum, mon coiffeur a accepté de venir. Évidemment, je ne le fais pas voyager en classe Business. On peut donc dire que oui, nous sommes prêts à nous marier. Vous avez devant vous Monsieur et Madame Haherupa.

Les parents de Hiro ne savaient pas s'ils devaient rire ou non. Dans le doute, ils proposèrent au jeune couple d'aller se reposer. Ils se retrouveraient plus tard pour se poser et commencer à leur chercher une maison.

Seuls dans le jardin, une limonade à la menthe dans la main, Vaitupa laisse sa tête rejoindre l'épaule de son mari.

— Je ne la sens pas cette Brésilienne. Elle a quelque chose de noir en elle. Elle n'a montré aucun remords à quitter sa vie, aucun enthousiasme pour déjà découvrir l'île. À leur âge, je serai déjà en train de faire du stop pour aller à la plage ou partie boire une coco fraîche au marché.

— Chérie, ne commence pas à faire ta maman ours. Ton garçon est heureux comme jamais. S'il te plaît, ne t'en mêle pas ! Réjouis-toi, serre les dents mais n'ouvre pas ta grande bouche. Sauf pour m'embrasser bien évidemment, d'ailleurs viens par ici…

***

Les premiers jours de Hiro et Fernanda à Tahiti furent rythmés au rythme des visites de maisons et d'achats de voitures. Chacune la sienne, Hiro a jeté son dévolu pour un SUV Chevrolet, Fernanda pour une Porsche Macan. Au prix où ils ont vendu leur appartement parisien, ils peuvent mener un train de vie de nabab dans cette île paradisiaque, à la fois paradis fiscal et aimant à cas sociaux métropolitains, qui pensent « réussir » ici.

Après moult visites, le couple a jeté son dévolu pour une splendide villa dans la résidence très cotée de Temaruata. De plain-pied, la maison jouit d'une terrasse en teck avec piscine à débordement en pierre de Bali et vue imprenable sur Moorea, d'un fare pote, un coin jacuzzi, 3 chambres, un salon et une cuisine ouverts sur l'extérieur. Le jardin est en pente mais compte une multitude d'arbustes fleuris, d'arbres fruitiers, le tout à une altitude de 500 mètres. Le paradis sur Terre ! Achetée cash, ils emménagèrent dedans quatre jours après leur arrivée. *Nana* Faa'a, *ia orana* Punaauia.

— Chéri, tu peux m'apporter un mojito s'il te plaît ? Fernanda fixe l'horizon, les bras posés sur le rebord de la piscine. Elle remue ses jambes derrière elle, alors que son tronc reste droit. Drôle d'effet.

— Tout de suite ma vahine. Je te rejoins dans l'eau, elle est un peu fraîche en altitude mais l'alcool va nous réchauffer.

Hiro aimerait garder Fernanda rien que pour lui pendant les prochains siècles à venir. Il le sait, sa panthère brésilienne ne se laisserait pas dompter au début mais elle semble plus posée, sereine, heureuse ici. Demain, sa sœur Gisele débarque, et elles ont déjà prévu un dîner toutes les deux. Il ira donc passer la soirée chez ses parents. Ses derniers jours l'ont épuisé. Contrairement à Fernanda qui rayonne, il se sent en permanence fatigué. Un instant, il se dit qu'elle le drogue pour qu'il se sente aussi groggy, mais il tente d'oublier rapidement cette pensée.

***

Gisele arriva avec le vol de 6 h. Ni Fernanda ni elle n'avaient grand-chose à se dire à l'aéroport donc elles roulèrent toutes les deux sur la RDO en écoutant une radio locale. Plongée dans le bain, Gisele ne put s'empêcher de remuer ses pieds aux rythmes du ukulélé et de la bonne humeur de DJ Luca.

— Tu sais, ce DJ sera présent ce soir au resto où je t'emmène, tu pourras te lâcher ! Tu as l'air contrariée, on en parle maintenant dans la voiture où dois-je m'attendre à une scène devant Hiro quand on sera rentrées ?

— Toute cette histoire de mariage me donne des frissons…

— Ne t'avise même pas de commencer à en parler. J'ai eu une vie avant Hiro, une vie dont tu faisais pleinement partie… Ne commence vraiment pas à me dire que je fais une erreur, qu'il fait erreur, ou je ne sais quoi. Gisele, tu es ma sœur et je t'aime ; mais tu es aussi une artiste torturée, avec un long passé de consommation de drogues.

— Tu me prends pour une droguée ?

— Tais-toi, on arrive.

Fernanda actionna la télécommande et le portail s'ouvrit, elle faufila son Porsche Macan juste à côté de la voiture de Hiro.

— Il devrait encore plus mal se garer, je te jure, je n'ai aucune place pour moi.

En l'espace de 20 minutes avec sa sœur – elle avait dépassé les limitations de vitesse pendant l'intégralité du trajet –, Fernanda avait perdu son sourire, sa joie de vivre et elle ne pensait qu'à faire exploser le crâne de Gisele sur le rebord de son jacuzzi. Elle avait une pierre d'angle qui était mal taillée et elle l'imaginait déjà incrustée entre les deux yeux de sa sœur. Vous me direz, un accident est si vite arrivé.

— Voilà ta chambre, je vais préparer du café. Hiro dort encore, donc si c'est possible de trouver en toi un minimum de respect pour ne pas le réveiller, je te remercierai.

Gisele n'avait pas voulu blesser Fernanda mais elle aussi s'était instantanément refermée quand elle avait vu sa sœur l'attendre puis l'étreindre, avant de lui enfiler trois colliers de fleurs locales. Tout cela sentait le faux, le toc… Fernanda en résumé.

Gisele retrouva le sourire vers 16 h, lors d'une sortie en plongée. Elle trouva Hiro bizarre ce matin mais garda pour elle tout commentaire. Si un homme qui vit dans une somptueuse villa et qui est sur le point de se marier ressemble à ça, elle n'est pas près de se laisser passer la bague au doigt, non pas qu'il y ait une émeute non plus de ce côté-là. Elle en a d'ailleurs profité pour « goûter local » avec la monitrice de plongée, Tupaia, de son prénom. Une charmante Polynésienne originaire de Maupiti, aussi bien dotée physiquement que douée pour le bouche-à-bouche. Par chance, aucun autre touriste n'était présent lors de cette sortie et elles purent apprendre à faire connaissance en toute intimité : elles avaient commencé par se mordre mutuellement les mamelons, une langue qui descend, des mains qui s'agrippent, un plaisir partagé.

Après cette euphorie et grâce à deux orgasmes, Gisele retrouva sa sœur sur le parking du club de plongée pour un apéro sunset. Oui, à Tahiti, le coucher de soleil commence à 17 h.

— Voilà le plan, lança Fernanda. On termine notre cocktail – vraiment trop sucré au passage –, on rentre à la maison, on se change et je te fais découvrir un super resto. C'est le seul restaurant gastronomique de Papeete et les plats sont délicieux. Hiro me la fait découvrir le lendemain de notre arrivée. Ici, tout ferme tôt, nous serons rentrées à 22 h et tu pourras enfin dormir et te remettre du voyage.

— Décidément, tu as vite pris tes marques ici. Tu connais les DJ, tu sais te repérer sans GPS et tu es devenue guide culinaire… Êtes-vous sûre d'être ma sœur ?

Fernanda et Gisele éclatèrent de rire.

— Je te l'ai dit, ici il n'y a qu'un seul restaurant gastronomique. Et il n'y a qu'une seule route. Je l'ai prise dans le mauvais sens et j'ai mis du temps à m'en apercevoir. Je t'assure, n'importe qui ici serait hilare : j'ai conduit 1 heure jusqu'à la pointe de Teahupoo pour m'apercevoir que non, je n'étais pas en direction de Papeete.

Gisele fronça ses sourcils. Je ne comprends pas ta blague mais je suis heureuse de te voir détendue et ta peau bronzée est magnifique. On rentre à la maison se préparer pour ce fabuleux dîner ?

Alors que Fernanda prenait sa douche, Hiro rejoignit Gisele qui admirait les premières étoiles sur le deck.

— Je suis vraiment heureux que tu sois venue, Gisele. C'est très important pour moi car j'aime énormément ma famille et tu en feras officiellement partie dans cinq jours. Je n'arrive toujours pas à y croire ! Viens là que je t'enlace.

— Hiro, je peux te poser une question ? Gisele avait maintenant la tête appuyée sur l'épaule de son futur beau-frère. Cette sensation de chaleur, d'amour, de simplicité lui vola une larme. Elle tenta de se reprendre. Pourquoi aimes-tu ma sœur ? Je veux dire, que vois-tu en elle ?

— Hiro partit dans un grand éclat de rire. Tu veux dire que j'aurai dû te choisir ? C'est vrai que Fernanda est grande, brune aux yeux verts et toi plus petite mais vous êtes toutes les deux craquantes. Je vois en elle une étoile qui brille constamment. Elle est forte, déterminée, elle ne se laisse pas faire. Je ne devrais probablement pas te le dire mais au lit, c'est une vraie déesse. Mi-lionne, mi-gazelle, je peux même te montrer certaines griffures dans mon dos.

— Hiro… s'il te plaît, réponds-moi franchement. Les bons coups c'est rare, je suis d'accord mais pas au point de se marier avec une…. Ses mots n'arrivèrent pas à sortir de sa bouche.

— Une quoi Gisele ? Dis-moi, tu commences à m'inquiéter.

— Ma sœur a déjà été mariée. Du jour au lendemain, son ex-mari, avec qui elle vivait rue Saint-Dominique dans le 7e arrondissement, s'est volatilisé, on n'en a plus jamais entendu parler. La police a statué sur une « disparition suspecte et inquiétante » mais elle a réussi à éliminer toutes les preuves. Elle l'a tué et je l'ai aidé à cacher son corps. Cette image est restée et reste encore gravée dans ma mémoire quand je vais me coucher. Elle me fait passer pour une artiste dingue qui prend de la drogue, mais c'est elle qui m'a fait avaler des pilules pendant des années pour être sûre que je ne dirai rien et que je finirai par oublier. Mais ce n'est pas le cas…

— Vous faites quoi, les cachottiers ? Fernanda, dans une robe à volants blanche, se pencha sur son fiancé et l'embrassa sur la joue, elle le contourna, caressa les cheveux de sa sœur et s'installa à côté d'elle. Tu n'es toujours pas douchée ? Tu as 10 minutes top chrono, la réservation est pour 19 h et si on arrive en retard, je te tue ! Hors de question que je loupe leurs langoustes braisées au café.

— Chéri, tu as l'air pâle d'un coup. Tout va bien ? Je plaisantais bien sûr, je ne la tuerai pas pour une réservation manquée au Hei. Je la jetterai juste du bord de la résidence et son cerveau comprendrait enfin, à quelques secondes de se fracasser, que oui, le temps est important et que Madame Gisele est logée comme tout le monde. Enfin, j'ai besoin de ton avis : je mets mes mocassins dorés Fendi ou mes sandales Vuitton en cuir de veau avec cette robe ?

Hiro n'arrivait toujours pas à assimiler sa conversation avec Gisele.

— OK ! Va pour les Fendi. Le doré est au cœur de la tendance cette saison.

***

— Papa, maman, Ia ora na ! Je suis tellement content de vous voir. En arrivant chez ses parents à Faa'a, Hiro ne put s'empêcher de sentir une vague d'émotions le submerger. Il enlaça fortement Temoana et Vaitapu comme s'il ne les avait pas vus depuis un siècle. Le Tahitien revivait, il ressentait les bonnes ondes de son île, comme si son âme sortait d'un long sommeil et venait de s'installer en bord de mer avec un café à la main.

— Molo, mon garçon, tu sais que tu es quand même plus costaud que ton papounet chéri. Regarde-toi, dans cinq jours tu seras un homme marié, tu arrives à y croire toi ? Notre petit garçon va devenir un homme.

— Papa, tu sais qu'on ne devient pas un homme parce qu'on porte une alliance. L'époque de la masculinité « macho » et toxique est passée. Certes, les femmes attendent encore de leur tane qu'il entretienne le foyer, mais les sentiments et attentes sont très contradictoires car en même temps il est devenu mal vu de gagner plus que sa conjointe. Interdit de pleurer, de montrer ses émotions, il faut être présent mais pas trop, exister sans exister. Nous vivons dans une société qui va mal, moi je te le dis.

— Toujours pas de mariage à l'Église, j'imagine ? Vaitapu invita de la main les hommes de sa vie à la rejoindre sur la terrasse pour admirer le ciel étoilé, avant de passer à table où un bon ma'a tahitien les attendait.

— Vous le savez je n'ai rien contre Père Christophe mais l'Église c'est non merci. Je crois à une entité beaucoup plus puissante que nous et pour moi cela s'apparente plus à l'Univers, à un *Mana* extrêmement puissant, unificateur et source de toute vie. Maman, les personnes que tu vois à l'Église le dimanche ne regardent pas plus loin que le bout de leur nez. Je ne crois pas en un Dieu menaçant que l'on doit respecter et vouvoyer. À quoi bon aller prier si c'est pour ensuite rentrer chez soi et fermer sa porte à ses voisins ? On fait croire aux gens, à travers un Dieu tout Puissant, qu'ils doivent agir de telle ou telle manière sous peine d'être réprimandés, voire même chassés de leur communauté.

— Amen ! siffla Temoana, en donnant une accolade à son fils. Passe-moi le poisson cru, tu veux bien ?

— Je suis intimement persuadé que nous sommes tous connectés : connectés aux vivants, aux personnes décédées, aux animaux, aux végétaux ; tout ce qui est en vie est relié et prend son origine dans une Source d'Amour infini. L'Amour est inépuisable, vous savez ? Les gens se disent : *« Oh, combien de fois un cœur peut-il être brisé ? »* Cent fois s'il le faut, et si la centième était enfin la bonne ? C'est ce qui me manquait le plus en métropole : les gens n'ont pas conscience d'être connectés, ils ne vivent que pour eux, aucune interaction positive n'est possible et à Paris ils passent leur vie sur leurs téléphones. On le leur vole ? Aucun problème, nouveau crédit pour racheter la nouvelle version. Là-bas, ils peuvent passer des mois entiers sans voir une étoile, des années sans voir la mer, ils ne comprennent même pas que leurs comportements actuels auront des conséquences majeures sur les futures générations.

— En parlant de futures générations… Tu n'as rien à me dire ? Chéri, passe-moi le pua rôti, s'il te plaît, tu seras un amour.

— Non, maman, Fernanda n'est pas enceinte et ne va pas commencer à lui poser la question, elle se vexerait en une demi-seconde. Elle fait attention à ce qu'elle mange, ne va pas la contrarier en insinuant qu'elle pourrait « mettre bas dans 9 mois » pour citer son expression.

— Attends ! Elle ne veut pas d'enfant ?

— Non, maman, elle ne veut pas d'enfant et finalement c'est une bonne chose. Nous sommes en 2022. Est-ce vraiment raisonnable d'avoir un enfant ? Regarde les dégâts climatiques, la pénurie des ressources, les pandémies mondiales qui se feront de plus en plus violentes. Moi je voulais un petit aito mais pour le moment, le sujet n'est pas sur la table.

— OK les jeunes, faites comme vous voulez…

— Papa, maman, merci pour ce délicieux repas.

— Hiro, j'aimerais te confier ce que j'ai sur le cœur.

— Oui maman, je t'écoute.

— Ton père ne voulait pas que je t'en parle mais je vais quand même t'en parler. Je n'aime pas cette Fernanda, je suis désolée mais je ne la sens pas. Elle a quelque chose de très noir en elle. Et sa gaieté, toujours à avoir les bras en l'air, en extase de tout, cache quelque chose. Je sais que nous sommes à Tahiti mais elle surjoue les choses : « oh une fleur de tiare », « oh un papillon », « oh une noix de coco » ! Elle n'en avait donc jamais vu quand elle vivait au Brésil ? Et pourquoi a-t-elle quitté son pays d'ailleurs ? On le sait ?

— Maman, je te vois venir et tu accorderas ton vote à Oscar si tu le veux mais crois-moi, les « étrangers » ne sont pas aussi nocifs qu'on veut te le faire croire. Mais sa sœur m'a tenu des propos bizarres ce soir. Une histoire d'ex-mari disparu, je ne sais pas trop. Elle et moi n'avons jamais été proches, je dois admettre avoir appris son existence que récemment car les deux sœurs ne s'entendent pas, mais ce soir elle s'est livrée comme jamais. Comme si j'étais son sauveur et qu'elle était prise en otage. Prise en otage d'un passé trop lourd, d'une sœur trop colérique et déterminée. Elles sont parties dîner toutes les deux et elle m'a dit de faire attention.

— Tu sais quoi, mon chéri ? Venez déjeuner à la maison tous les trois demain. Il reste peu de temps pour encore profiter de vous avant que tous les feti'i ne vous mettent la main dessus. Je vais tout de suite prévenir ton frère Tupa et ta sœur Heremanui. Tes tantes seront ravies, ohlàlà je suis impatiente. Et tu sais quoi ? J'aime déjà ta future belle-sœur. Si elle non plus ne supporte pas Fernanda, je sais à côté de qui je vais m'asseoir.

Vaitapu avait le regard malicieux. Elle savait que son fils attirait beaucoup autour de lui : des mahu en quête de relations intimes, des femmes de militaires seules et blasées, des jeunes adolescents. Avec son 1m85 et son sourire éclatant, Hiro savait y faire et il aimait ça. Mais qu'il tombe dans le panneau d'une brunette mystérieuse, une femme magnifique qui refuse de se faire prendre en photo ? C'en était trop pour la curiosité de sa mère. Cette histoire était aussi cramoisie que la peau des blancs en plein soleil.

***

Il était hors de question pour Vaitapu de ne pas inviter sa cousine Yolande pour ce déjeuner en l'honneur du soi-disant Amour avec un grand A, le seul et l'Unique. Ben voyons… Finalement, Hiro n'avait pas tort : une âme pour deux, une pensée pour deux, un cerveau – ou pas selon certains – pour deux. Pourquoi pensait-on n'avoir qu'une âme sœur ? Clairement si chaque personne qui se mariait n'avait pas le droit à d'autres chances, les gens y réfléchiraient à deux fois avant de passer devant Monsieur le Maire. Ah mais oui, la « vierge » est enceinte donc il le faut, la « vierge » vient de passer le cap des 30 ans, donc il le faut, la « vierge » n'a pas « ses œufs qui resteront éternellement frais ». En buvant son café au lait et en savourant ses tartines de pain-beurre, Vaitapu ne put s'empêcher de rigoler.

Non seulement Yolande voit les choses, elle communique avec les esprits, elle a son pass VIP pour des communications avec l'au-delà mais elle a aussi ce franc-parler et cet œil pétillant qui la rend attachante dès les premiers échanges. Elle l'a installé à la droite de la future mariée et elle compte bien jouer la comédie quand Yolande s'écrira qu'un démon a été invité à table.

Il y a quelques années, les propos de sa cousine fétiche avaient marqué Vaitapu : « Tu sais », lui avait-elle dit, « la vie sur Terre n'est qu'une étape. Nous sommes des âmes qui vivons des expériences humaines, limitées dans le temps. Nous choisissons nos parents avant notre naissance, et une fois morts physiquement, notre âme continue de vivre. Elle sert de gardien pour nos proches, se réincarne et nous continuons ainsi à apprendre des leçons. La vie est un peu comme une école, des leçons doivent être tirées, c'est pour cela que toute rencontre, toute expérience est bénéfique, même celles que l'on croit anodines, car elles-mêmes peuvent se révéler primordiales pour l'autre personne. Quand je dialogue avec des personnes décédées, elles me disent regretter de ne pas avoir aimé plus, d'avoir vécu pour plaire aux autres, à leur entourage, de ne pas avoir vécu librement. »

Perdue dans ses pensées, Vaitapu n'entendit pas le portillon s'ouvrir mais elle sentit un chien lui lécher la main et elle sursauta. Yolande était venue avec Rangi, son bichon tahitien. Elle fut rapidement suivie de Maeva, la sublime ex de Hiro, qui par chance était disponible à la dernière minute. Elle venait tout juste de déposer ses 2 enfants au va'a et était arrivée pile à l'heure dans une robe tropicale légère, une fleur de *tiaré* à l'oreille et un sac rempli de bananes pour remercier Vaitapu de l'invitation. Maeva était une jolie Polynésienne de 32 ans, un peu plus petite que Hiro, elle dépassait tout de même les 1m80. Originaire de Mangareva, sa famille l'avait envoyée à Tahiti pour son lycée. C'est là qu'elle avait rencontré un jeune surfeur du nom de Hiro.

Présidant la tablée en bonne matriarche qu'elle était, Vaitapu fit asseoir les deux femmes, laissant une place pour Fernanda à la droite de Maeva. Hiro serait assis entre son père et tante Yolande, son frère et sa sœur en bout de table. Trente minutes plus tard, les convives se régalaient. Il aura fallu attendre le mahi mahi sauce vanille pour que Fernanda comprenne à côté de qui elle était assise.

— Attends ! Tu es l'ex de Hiro ? Mais qu'est-ce que tu fais là ? Chéri, c'est toi qui l'as invitée ?

— Je peux répondre toute seule ! l'interrompit Maeva. Oui, nous sommes sortis ensemble il y a très longtemps. C'était dans une ancienne vie. Je suis restée très proche de ses parents que j'adore, et j'aurai toujours une place dans mon cœur pour Hiro. Et si ça peut te rassurer, j'ai 2 beaux enfants : un garçon et une fille, ils ont 5 et…

— Non mais alors là je m'en fous royalement de tes gosses ! Je rêve ! Quelqu'un peut-il me pincer ? Me sortir de ce cauchemar ? « Si ça peut te rassurer ? » J'hallucine complètement et je n'ai pas encore pris de drogue.

— Pas encore ? intervint Yolande.

— Oh toi le dinosaure on ne t'a pas sonné. Je pensais avoir entendu une clochette… mais non !

— Elle est odieuse cette bonne femme ! Pour Yolande, c'était la coco sur le gâteau. Je vais prendre l'air 5 minutes.

— T'es une femme morte ! Tu m'as entendu ? En chuchotant ses mots à l'oreille de Maeva, Fernanda ne pouvait pas être plus claire. La Tahitienne hocha la tête en silence. Je m'excuse pour cette scène, j'ai été prise de court et bien évidemment ma jalousie a pris la parole en premier, devant sagesse et courtoisie. Mes plus plates excuses, et Yolande, je suis sincèrement désolée : vous n'êtes pas un dinosaure. D'ailleurs, en parlant de ça, racontez-moi donc l'histoire de cette tortue au jardin botanique. Il y en avait vraiment deux à l'origine et une a été attaquée par des chiens errants ?

C'est Tupa qui lui raconta l'histoire, pendant que son frère discutait avec Gisele plus loin, sous le manguier. Il n'a pas entendu la scène mais il a vu Maeva quitter précipitamment le déjeuner.

— Ta femme, enfin ta future ou je ne sais quoi a menacé de me tuer ! lui lança-t-elle en faisant marche arrière dans la servitude pour quitter la maison familiale. C'est une tarée, fais attention à ta vie.

En sifflant son cocktail, Gisele grimaça et leva les yeux au ciel face à un Hiro hilare. « Décidément, les hétéros sont quand même vite à cran quand ils manquent de sexe ! »

— Gisele, c'est mon ex-copine, ne dis pas ça ou des souvenirs de nuits torrides dans le lagon vont jaillir !

— C'est ton ex-copine ? Ah oui donc, en effet, qu'elle profite de ces derniers jours, voire ces dernières heures, si ma sœur est vraiment en colère.

Comme il le fait avec sa sœur, Hiro empoigna Gisele par les épaules et la poussa vers l'entrée de la maison. « Arrête de dire n'importe quoi et va goûter aux délicieux plats de ma mère ! »

— Oui, chef ! Ou devrais-je dire cheffe Vaitapu.

Yolande dit en un mot ce qu'elle pensait de Fernanda avant même que le café soit servi : sorcière.

— Je suis proche du monde des tupapa'u, tu le sais ? Eh bien cette fille arrive tout droit de l'enfer. Sur ce, je file, j'ai de la route jusqu'à Papara. Bisous et bon courage pour le mariage. Au vu de ce déjeuner, je décommande illico mon billet pour Bora. Elle serait capable de me prendre pour une tortue bi-centenaire et de me noyer. Je t'appelle quand j'arrive, oui je serai prudente sur la route, oui il y a des éboulements de pierre, je sais ! C'est bizarre mais quand je me suis assise près d'elle à table, j'ai senti la présence d'un homme disparu. Il respirait la joie de vivre, il avait beaucoup voyagé et il débordait d'amour pour sa femme, qui elle était encore vivante. Il m'a épelé des lettres, j'ai vu un M, un E, un U et puis cette cinglée m'a agressé alors que je prenais la défense de Maeva. Elle a le sang chaud, la petite, bisous tatie. Et sur ces paroles, Yolande monta dans son pick-up et envoya un baiser à Vaitapu. Une marche arrière de quelques secondes et là voilà qui s'insérait sur la route de ceinture. Elle gardera ce déjeuner en mémoire pendant des années.

***

À Paris, le ciel était gris et nuageux. Stéphane venait de vivre la pire humiliation de toute sa vie, en dehors du rapport sado-maso qui l'avait forcé à boire l'urine de l'un de ses partenaires, mais il était jeune. Et à 25 ans, qui n'a pas envie de dépasser les limites ? La perquisition dans les bureaux de Sayer Ventures avait duré la journée. Des dizaines d'agents des fraudes étaient mobilisés, une enquête venait d'être ouverte au Parquet de Paris pour détournements de fonds et blanchiment d'argent. Un appel anonyme au milieu de la nuit, des courriers avec numéros de compte et relevés des transactions des deux dernières années, les preuves commençaient à s'amonceler sur le bureau du procureur.

La soirée était aussi chargée pour les policiers du 16e arrondissement de Paris. Le dossier sur le meurtre de Régis de Valgo venait d'être réouvert sur ordre immédiat du juge Brassol. Un témoignage venait corroborer la version initiale des policiers : il s'agissait bien d'un meurtre avec préméditation et non d'une simple légitime défense.

***

Pour Maeva, la vie à Tahiti se résumait à un long fleuve tranquille, rythmé par le chant des oiseaux et Tiare FM. Elle adore cette radio locale qui ne passe que des « hits ». Elle a d'ailleurs le sticker de la station au dos de son nouveau 4x4 Kia, car oui désormais tout le monde ou presque roule japonais ou coréen en Polynésie. Elle emmène ses enfants au va'a, aux répétitions de danse pour le Heiva des écoles, elle achète son poisson sur le bord des routes, prépare elle-même ses chips de *Uru* et elle ne refuse jamais une Hinano bien fraîche. Les week-ends commencent le vendredi à 14 h, le samedi c'est pour la bringue, le dimanche midi, la messe, et l'après-midi pour se prélasser avec ses copines et les Brad dans le lagon avec la glacière. La base ! Son aventure avec Hiro aura duré 1 an, en terminale, avant qu'il n'obtienne son bac avec mention et qu'il rejoigne l'université en métropole. Deux ans après, elle rencontrait Denis au guichet de sa banque et le reste n'est qu'histoire. Des traversées à Moorea certains week-ends, quelques jours dans les pensions de famille dans les Tuamotu, jusqu'à présent la vie de Maeva était aussi calme que le lagon à l'aube.

En rentrant chez elle le lendemain du déjeuner, elle n'avait pas autant crié que lors du paiement de sa dernière facture EDT – elle n'avait ni piscine ni climatisation et elle devait payer 40 000 francs d'électricité par mois ? L'agent EDT doit encore se souvenir de ce cri perçant sorti de cette femme imposante au visage si doux.

Son chien, un joli dalmatien recueilli il y a seulement quelques mois, gisait ensanglanté dans la cour. Un message était collé sur sa baie vitrée, il ne laissait aucune interprétation : « Tu vas le payer ».

Cette même nuit, Yolande eut la peur de sa vie quand elle entendit une porte se claquer alors que le maramu n'était pas levé dans la baie de Papara.

Qui est là ? interrogea la Tahitienne de 68 ans.

Il n'était pas rare à Tahiti d'avoir des visiteurs nocturnes : des femmes en quête de chaleur humaine, des hommes de passage. Dans la nuit, tous les chats ne sont pas gris.

Enfilant rapidement sa robe de chambre, elle tenta de quitter son lit quand elle sentit une douleur effroyable lui perforer les poumons. Elle ne voyait pas son agresseur, ses lunettes de vue étaient encore posées sur sa table de nuit. Les coups redoublèrent, elle commença à cracher du sang puis perdit connaissance.

***

Tu as vu la Une de la Dépêche de Tahiti ? La journaliste raconte comment une femme a été poignardée hier dans son sommeil. Quelle horreur !

Chéri, tu ne peux pas juste profiter de la vue ? Regarde, il doit y avoir des baleines au loin, les bateaux de touristes se rapprochent. Fernanda rajusta ses lunettes de soleil et soupira. C'est donc dans le sang des Tahitiens d'aimer autant les faits divers ? Elle qui a été bercée par les télénovelas ne supporte pas ces petites histoires de quartier. Elle n'a pas besoin qu'on lui parle d'une morte à son réveil, surtout la veille de son mariage et alors même que ce soir ils feront sauvagement l'amour dans la suite présidentielle de l'hôtel Four Seasons de Bora Bora. Avec une légère brise, sa capeline bougea légèrement.

Bonjour les amoureux !

Gisele, tu es splendide. Viens embrasser ta sœur. Tu as toujours bien pris le soleil. Chéri, tu sais, quand on était petite, Gisele était la coqueluche de tout le quartier. J'étais grande et élancée mais à Rio, il n'y en avait que pour cette peau caramel et ces cheveux frisés. Fernanda joint le geste à la parole et caresse les cheveux de sa sœur, qui les rejoint en sautillant sur la terrasse déjà surchauffée à 9 h du matin.

— Bien dormie ? s'enquit Fernanda.

Comme un bébé ! Ce jus Rotui Banane-Vanille est un délice, dit-elle en buvant son verre d'une traite.

Une femme a été tuée hier. Hiro se fera un plaisir de te raconter l'histoire, il y a apparemment un vrai récit dans la Dépêche… Je rigole, mon amour, je vais me doucher puis je file dans la piscine.

Hiro regarda Fernanda s'éloigner puis porta son regard vers Gisele. Il n'arrive pas à déceler laquelle des deux est la plus folle : sa future femme ou sa future belle-sœur. Il n'avait pas encore réalisé que Gisele serait officiellement « sa » belle-sœur. Bienvenue dans la famille foldingue. Il repense à Maeva, hier elle était toujours aussi sublime, simple, naturellement heureuse. Leurs vies auraient-elles été encore liées et entremêlées s'il n'était pas parti ? Il meurt d'envie de l'appeler, lui proposer de passer serait aller au-devant de gros problèmes. Lui proposer un café ? Non plus, trop suicidaire ! Il laissa tomber l'idée et remit la vision de son ancienne copine dans un coin caché de son cerveau.

— Dis, tu pourrais m'emmener à la marina ce midi ? Je voudrais revoir Tupauia. Tu sais, ma monitrice de plongée, demanda Gisele en tenant son mug de café encore brûlant à ses lèvres.

Hiro, encore dans ses pensées, mit quelques secondes à revenir sur Terre. « Oui, bien sûr. Je ne savais pas que tu avais "ta" monitrice de plongée attitrée mais d'accord, avec plaisir. Tu sais, moi j'ai appris très jeune, dès le collège à faire de la plongée avec les copains. Je suis encore capable de te différencier les types de tortues présentes en Polynésie, nommer les poissons comme le Napoléon. Je sens même quand les requins sont dans les parages ».

— Oh, tu sais, je ne fais que coucher avec elle. Je ne compte aller nulle part ailleurs qu'entre ses cuisses.

— OK, OK. Reprends donc un firi firi dans ce cas. Ça va te donner des forces pour braver la bête ! J'ai une chanson qui parle de pêche aux moules dans la tête maintenant, lui lança Hiro avec un clin d'œil. La nonchalance et la joie de vivre polynésienne personnifiées.

— Tu penses que ta sœur est prête pour demain ? Je n'ai aucun doute quant à mes sentiments pour elle mais elle peut être parfois tellement impulsive que j'ai peur qu'elle ne vienne pas me rejoindre à l'autel.

— C'est normal d'avoir des doutes et des appréhensions la veille de son mariage. Tu sais, tu ressembles en caractère exactement à ce que notre père souhaitait pour nous : tu es présent, attentionné, à l'écoute et protecteur. Elle a de la chance de t'avoir.

— Mais oui, d'ailleurs votre père ne sera pas présent ? En plus de votre mère qui ne peut pas faire le voyage, elle va se sentir tellement seule. Merci d'être là pour elle. Tu es une sœur incroyable.

— Tu veux que je te confie quelque chose ? Sans lui laisser le temps de répondre, Gisele se lança dans une diatribe comme elle seule a l'habitude. Notre père serait encore là si cette terrible nuit n'avait jamais eu lieu. Gisele a l'air bouleversée, elle souffle un moment. J'aimais mon père à la folie, tout comme maman, qui voyait en lui son âme sœur, son souffle, sa raison de vivre. Il s'est fortement disputé un soir avec Fernanda. Quand elle était ado, elle avait un caractère terrible, une attitude rebelle en permanence, elle aimait sortir malgré les interdictions de nos parents. Rio est une ville dangereuse, imagine la nuit quand tu es une femme. Elle a toujours été grande et mince, il lui aurait fallu deux minutes pour être kidnappée ou directement tuée par balle. Ce soir-là, Fernanda a pris mon père à parti sur la terrasse, ils ont commencé à en venir aux mains et l'accident est arrivé : ma sœur a poussé notre père du balcon avec une telle force que tous les deux ont été surpris. Nous regardions la scène de l'intérieur avec ma mère. Je revois ses deux mains posées sur ses épaules et prendre toute la force pour le pousser. À l'époque, nous n'avions pas encore de grillage au balcon, il a trébuché, sa tête s'est explosée sur le trottoir. En 10 secondes, une chute du 7e étage, j'ai perdu mon père. J'ai aussi perdu ma mère ce soir-là. Elle était inconsolable, il pleuvait des cordes. Ma vie a basculé à ce moment-là. Nous nous sommes serré les coudes, avons joué la carte de la solidarité familiale. La police a conclu à un tragique accident dû aux intempéries : une perte d'équilibre en ramassant ses affaires sur le balcon. Ma mère a mis Fernanda à la porte le lendemain à la première heure, mais contre toute attente ma sœur avait déjà tout prévu : des médecins sont venus interner ma mère à 8 h suite aux appels de détresse de ma sœur, disant qu'elle était folle et se sentait en danger avec cette femme aigrie sous son toit. Je n'ai pas tout compris : à 8 h 30, ma mère était hospitalisée dans cette maison de retraite médicalisée où elle est toujours. Tu as été la voir là-bas d'ailleurs, je crois, non ? Bref, à 11 h du matin, Fernanda était dans l'avion pour Paris. Je suis restée seule dans l'appartement pendant des jours. Ma vie venait d'éclater. J'ai arrêté mes études d'avocate et j'ai trouvé la paix dans la peinture. Tu aurais vu les yeux de Fernanda quand les médecins sont venus chercher notre mère : elle était glaciale, impitoyable, prête à tuer de sang-froid quiconque se mettrait en travers de son chemin. Alors oui, aujourd'hui je pense à mon père, mais je pense aussi à ma mère.

— Coucou, les loulous, vous avez vu mon chargeur ? Je voudrais mettre un peu de musique pendant que je vais faire quelques longueurs. Gisele, je veux ensuite ton avis sur ma robe. Elle est arrivée hier soir, je l'ai essayée mais je veux ton avis : rajouter un nœud, enlever un nœud, je ne veux pas de froufrous mais je suis une fille donc va pour la guimauve. Et puis tu as ta robe de demoiselle d'honneur à essayer aussi. Heureusement qu'on est une petite famille, sinon je serai prête à faire un meurtre pour que tout soit parfait. Chéri, ça va ?

Hiro restait muet, comme si un camion de 22 tonnes fonçait sur lui et qu'il était paralysé. Mais dans quoi mettait-il les pieds ? Avait-il le temps de se rendre à Rio de Janeiro pour corroborer les propos de sa belle-sœur ? Devait-il appeler la maison de retraite ? Il ne parlait pas portugais.

— Oui chérie, ça va super, je te remercie. Tu es en pleine forme, je suis ravi. Ton chargeur est sur le canapé dehors, à côté du jacuzzi.

— T'es le meilleur mari au monde. Je t'aime toi. Tout en embrassant voluptueusement Hiro sur ses lèvres chaudes, Fernanda fixa sa sœur avec un regard de défi.

Pendant que Fernanda enchaînait les longueurs au rythme des tubes de Dua Lipa et Taylor Swift, Hiro posa une simple question à Gisele :

Ta sœur n'a pas bougé hier soir, on est d'accord ? Tu sais le soir je ne me sens pas forcément très bien, je suis nauséeux donc je prends des somnifères. Tu n'as pas entendu la voiture en pleine nuit ?

Gisele éclata de rire. Non, ma sœur n'a pas bougé d'un poil. Je souffre d'insomnies à cause de ce terrible décalage horaire, je l'aurai entendu. Et puis, elle ne sait toujours pas dans quel sens aller quand elle quitte votre résidence et qu'elle rejoint la route principale. Je ne la vois pas aller jusqu'à Papara, s'introduire dans une maison et tuer la première personne venue.

Hiro sourit légèrement et la remercia avant de rejoindre sa chambre. Il ne lui avait pas précisé que le meurtre avait eu lieu à Papara. L'article dans La Dépêche de Tahiti précisait uniquement que « le drame s'était déroulé sur la Côte Est, en direction de *Tahiti Iti* », la presqu'île de Tahiti.

***

Vous êtes prêts ? On décolle dans 2 heures, c'est un vol de 45 minutes mais on a quelques bagages à enregistrer, lança Fernanda avec un énorme sourire, tête penchée vers le ciel, yeux fermés, sa posture rappelant celle d'une salutation au soleil. Le Corcovado qui se serait étiré dans une posture de yoga rempli de grâce.

Chéri, tes parents nous attendent. On passe les chercher et on décolle tous les cinq avec le vol de 15 h 15. On prend ma voiture, c'est moi qui conduis. Après un silence de quelques secondes, Hiro, Gisele et Fernanda éclatèrent de rire.

Je vais conduire et ma voiture a plus de place pour les bagages, répondit un Hiro surexcité, qui embrassa sa future femme dans la nuque en passant derrière elle.

Et je choisis la musique, enchaîna Gisele. Direction Bora, Bora, c'est parti les loulous !

***

Le Four Seasons de Bora Bora était le lieu le plus magique dans lequel Hiro avait eu la chance de se rendre jusqu'à maintenant. Il avait connu de nombreux hôtels de luxe au cours de ses voyages professionnels, mais le complexe hôtelier était à l'apogée du luxe.

Le lagon se reflétait dans les lunettes de soleil de Fernanda, qui ne lui avait pas lâché la main depuis qu'ils avaient embarqué dans la navette fluviale de l'hôtel, venue les récupérer directement à l'aéroport. Sous l'émotion, il versa une larme. Il se sentait l'homme le plus comblé du monde, sur le point d'épouser une femme merveilleuse. Il avait le poste de ses rêves et sentait que la paternité allait bientôt arriver, malgré la réticence de son épouse.

Gisele venait de prendre possession de sa chambre, ce qui laissa au couple le temps de se prélasser dans leur suite : des pétales sur le lit, du champagne au frais, un plateau de fruits les attendaient au bord de leur piscine privée avec vue imprenable sur le lagon et le mont Otemanu. La cérémonie aura lieu demain, tout est enfin aligné. Merci l'Univers.

— Chérie, rejoins-moi dans deux minutes, je nous fais couler un bain et je compte bien te donner un avant-goût de notre nuit de noces. Hiro ferma la porte de la salle de bains et découvrit cette majestueuse baignoire ouverte sur la mer étincelante. Comment se fait-il que le paradis soit aussi simple d'accès ? Il en vint à regretter ces manigances de détournement d'argent, de séduction de Stéphane pour un poste qu'il convoitait. En parlant de Stéphane, tout le monde arrivera demain pour la cérémonie. Elle marquera les esprits c'est certain. Plus de doute, plus d'angoisse. Une vie d'homme marié rangé et fidèle. Voilà ce qui l'attend et il jubile à cette perspective.

— J'arrive, mon cœur, toi aussi tu vas avoir une surprise ! Fernanda avait anticipé leurs moments coquins à venir et s'était fait livrer depuis Paris un ensemble de sous-vêtements sexy La Perla. 40 000 francs pacifique l'ensemble, 10 000 la livraison, rajouter le double pour un envoi en 48 heures à l'autre bout du monde, mais quand elle se regardera dans le miroir, elle se dit que tout ça en valait la peine. Dans quelques heures, elle possédera la moitié de la fortune de Hiro. Elle souffla et se sourit à elle-même dans le miroir, tout en relevant ses cheveux en une queue de cheval. « Yes ma belle, tu as tout réussi, tu es méga puissante ». Alors qu'elle enfilait ses talons aiguille pour un effet surpuissant, elle vit le portable de Hiro s'allumer. Ils attendaient des invités mais ils étaient censés être dans l'avion. Seule Gisele était déjà là et la famille de Hiro arriverait demain matin par le vol de 7 h 10 ; oui, les Tahitiens sont des lève-tôt, elle devra s'y faire. Sauf qu'elle ne vit pas un numéro français s'afficher. Il ne s'agissait pas non plus d'un indicatif polynésien mais bien d'un numéro brésilien. Elle reconnut immédiatement la région de Rio de Janeiro. En chuchotant, elle décrocha.

— Bom dia… Qui est à l'appareil ?

L'échange ne dura que quelques secondes mais parut durer une heure pour la jeune femme. Pourquoi donc cette femme lui annonçait-elle que sa mère disait « oui, tout ce que tu crois est vrai, les informations que tu as sont vraies. Suis ton instinct ». Entendre sa langue maternelle la déstabilisa plusieurs minutes.

— L'eau va refroidir ! Tu fais quoi ma vahine ? Hiro se prélassait dans les bulles, l'huile de monoï caressait sa peau qui avait commencé à reprendre un teint hâlé depuis leur arrivée au *Fenua*.

Fernanda était abasourdie. Elle s'assit sur le bord du lit, en proie à un vertige. Les chuchotements de Hiro et Gisele, leurs conversations privées, la froideur de sa sœur, cet appel de la maison de retraite de sa mère… son univers commençait à s'effondrer. Un violent mal de tête la fit sortir de ses rêveries.

— Je vais prendre l'air, je reviens. Enjoy mon loulou.

Ce n'est qu'une fois arrivée au bord du bar de la piscine que toutes les pièces se sont imbriquées dans un fabuleux puzzle sombre et insensé.

— Je vous sers quoi à boire charmante demoiselle ?

Le serveur, un polynésien de 25 ans, avait un sourire radieux, des épaules larges, un polo blanc cintré. Il était magnifique.

— Un cosmo s'il vous plaît ! Et un flingue. Je pense que je vais tuer mon mari. Je vous rassure, ce sera un cadeau pour tout le monde.

Le serveur s'arrêta quelques instants, stoïque, le verre à cocktail encore vide dans sa main. Il pencha la tête sur le côté, un demi-sourire apparaissant sur son visage encore juvénile.

— Vous êtes la deuxième personne à me demander une arme à feu aujourd'hui !

— Oh, vous savez quoi, je ne suis pas d'humeur à papoter. J'en ai déjà marre d'avoir votre face dans mon champ de vision. J'y vais, ne m'adressez pas la parole, au revoir !

— Mais vous êtes la mariée de ce week-end ! Oh, je m'excuse, je suis sincèrement désolé, je ne vous avais pas reconnu sur les photos installées dans le hall.

Fernanda ne se retourna pas et lui fit un doigt d'honneur qui lui envoya tout sauf de l'amour. Le serveur se prénommait Moana, bleu en tahitien, océan. Dans quelques jours, il raconterait aux *mutoi* comment cette magnifique femme aux yeux d'un vert profond était la raison de sa démission, qu'il sentait qu'un drame allait arriver. Et comme toujours, son intuition ne se tromperait jamais.

Alors que sa sœur fulminait et partait à l'attaque des boutiques du resort, Fernanda défit sa valise et enfila sa robe de demoiselle d'honneur. Elle fut ravie de la couleur prune et de son tombé naturel. La coupe lui allait beaucoup mieux qu'au dernier mariage où elle avait tenu ce rôle : le premier mariage de Gisele. « Une erreur de jeunesse », disait-elle. « Un pauvre français paumé obsédé par le sexe, qui se comporte comme un roi alors que c'est un vrai raté. Sa famille avait de l'argent mais alors, quel danger public ». Oui, c'est connu, le français a tendance à devenir rapidement colon. Qu'il s'agisse de terres qui ne lui appartiennent pas ou d'une chatte, Gisele est sans scrupules : c'est « nana » comme on dit en Tahitien. Bye bye tocard. Le jeune homme était diplômé d'une école de commerce, un parcours banal rempli de stages à Singapour, de « virées entre potes » à Ibiza et de parents propriétaires d'une maison à Carnac. Un décès à 26 ans, survenu beaucoup trop tôt, un homme instable marié à une psychopathe jalouse brésilienne. Le James Dean du 21e siècle.

Fernanda était dans ses pensées, debout, face au miroir, quand elle vit sa sœur débarquer en trombe derrière elle.

« Qu'est-ce que tu lui as raconté, espèce de vipère ? »

« Mais de quoi tu parles ? T'es déjà bourrée ? Pas étonnant, tu me diras, il est déjà 16 h ! Je n'ai rien dit à personne et je ne le ferai pas mais ne commence vraiment pas à me gonfler ! Tu fais ta maline maintenant mais redescends car c'est mon talon que tu auras au fond de ton œil dans moins de 5 minutes si tu continues de faire ta furie. »

Maintenant, Gisele hurlait. « Tu n'es qu'une espèce de malade mentale donc tu as 2 options et je suis sérieuse : tu tues de sang-froid ton mari demain soir après la cérémonie, tu me reverses la moitié de son fric ou tu dégages immédiatement et je me mordrai la langue jusqu'au sang pour ne pas aborder ton premier mari, "suicidé par overdose". Hein tu t'en souviens du petit Régis ? Je te l'accorde, c'était un sale con, mais sa mort n'a rien de suicidaire et tu le sais donc fous-moi le camp illico presto ».

Fernanda restait sans voix, sa colère se dissipa face à la tornade qu'elle avait en face d'elle. Un ouragan puissant que rien ne démolirait et elle le savait : sa sœur cadette.

Gisele n'était toujours pas calmée.

— Maintenant, tu as tout pour être heureuse : de l'argent qui coule à flots, un tane magnifique et gentil, cet homme est une perle donc ne fais pas de scandale et essaye de te comporter comme une vahine responsable ce soir avec ses parents. Ils font maintenant partie de *ta* famille, de *notre* famille. Je t'aime mais ne viens plus jamais me faire une scène comme ça, sinon crois-moi… »

Gisele se trouvait désormais à quelques centimètres de sa sœur, elle sentait son souffle contre ses lèvres

« … je te tue, avant même que tu aies eu le temps de faire du mal à ton mari ».

Fernanda cligna les yeux, encaissant cette attaque sans broncher. Elle tourna les talons, ouvrit la porte en bois du bungalow mais ne put s'empêcher d'avoir le dernier mot : « Je te rappelle que c'est toi qui as tué Régis, ma cocotte, pas moi ! » Son sourire commençait à rejoindre ses oreilles, ses boucles d'oreille se balançant avec légèreté dans la brise qu'offrait le motu.

Gisele sourit elle aussi.

— Tu m'as appelé au milieu de la nuit pour me dire qu'il était en train de te tuer. Quelle coïncidence ! La même nuit où j'arrivais exprès du Brésil pour vous voir alors que je n'avais pas été invitée au mariage et que tu as refusé que je reste dormir chez *vous*. Tu veux qu'on appelle le commissariat du 7e arrondissement ? Non ? Tu es vraiment sûre ? Comme tu veux. On se voit à 20 h au restaurant le Tetavake Blues. Bisous sœurette.

***

Les étoiles se comptaient par centaines dans ce ciel entièrement dégagé, où l'on apercevait également la courbe de la Voie lactée. 25 degrés, une douce brise, un groupe local jouant du ukulélé en fond sonore, la soirée était parfaite. Fernanda et Gisele étaient assises entre les parents de Hiro. Personne ne « trônait » à la table, c'était à la bonne franquette, mais dans un hôtel de luxe 5 étoiles, considéré comme un spot de haut lieu à Bora Bora. Une table avait été dressée sur le sable, face au restaurant principal de l'hôtel, le clapotis de l'Océan Pacifique berçait Hiro, sa future femme, sa belle-sœur et ses parents. Le menu avait été validé en avance : langoustes braisées, mahi mahi sauce vanille dont chaque morceau était recouvert de feuilles d'or, bisques de homard, pinces de crabe, terrine de chevrette, soufflés de coquilles Saint-Jacques, uru cuit traditionnellement dans le four tahitien. Le repas se passa dans les rires, les embrassades, les félicitations. Seule la mère de Hiro continuait de fixer Fernanda d'un mauvais œil. Elle dégageait un mauvais *Mana* qui lui déplaisait au plus haut point. Les desserts arrivèrent, on resservit du champagne.

Gisele commença à scruter un des serveurs. Il lui disait quelque chose mais elle n'arrivait pas à le resituer exactement. Mais oui, ce Moana, ce serveur désagréable du bar de la piscine de tout à l'heure. Elle se leva et fonça dans sa direction, ses talons s'enfonçant dans le sable.

— Je t'ai dit de ne pas m'approcher, non ?

— Je ne vous ai pas servi de la soirée donc laissez-moi tranquille.

— T'as quel âge ? Je ne voudrais pas me tromper quand je ferai graver ta pierre tombale.

— J'appelle mon supérieur !

Dans son esprit, Fernanda vécut la scène comme un chuchotement. En réalité, et sous l'effet de l'alcool, elle avait hurlé. La tablée se retourna en silence pour scruter la scène. La honte s'abattit sur elle.

— Nous nous connaissons, c'est un jeu !

En se retournant pour attraper la main de Moana et montrer à son futur mari, sa belle-famille et sa sœur que tout cela n'était qu'un malentendu, Moana avait déjà décampé.

— Allons-nous coucher, il est tard, décréta Hiro. Demain, nous accueillerons nos familles et amis. Célébrons l'Amour et Papa, Maman, je voudrais vous porter un toast. Mauruuru roa d'avoir toujours été là et je vous aime, voilà. La concision tahitienne ! Une larme coulait à présent sur sa joue.

Vaitapu n'eut pas le temps de répondre, son *Vini* sonna. Après quelques confirmations rapides, de « oui » et de « non » de plus en plus étouffés, elle raccrocha. L'appel avait duré deux minutes mais le temps s'était figé.

— C'étaient les *mutoi.* Ils viennent de m'annoncer que Tante Yolande a été assassinée à son domicile. Apparemment, le meurtre a déjà fait les choux gras de la presse locale. Mais qui pourrait en vouloir à ma sœur ? Le monde devient dingue.

Hiro se leva de table et enlaça sa mère. Tremblante et en pleurs, elle n'arrivait pas à reprendre son souffle. Elle avait la santé Tatie, à Papara ça craint rien. Un calme plat s'installa à table. En quelques secondes, l'ambiance avait sombrement changé.

— Fernanda, tu vas vouloir me tuer mais je te demande d'être compréhensive. Je ne me sentirai pas en sécurité dans notre grande suite ce soir. Nous pouvons dormir avec vous ? Je veux mon fils avec moi, je ne sais pas ce qu'il peut nous arriver maintenant.

Gisele éclata de rire, avant que sa sœur ne puisse répondre. Elle était scotchée à ses lèvres, attendant sa réaction. Si Vaitapu arrivait à dormir avec eux cette nuit, elle aurait des nerfs encore plus solides qu'elle le pensait.

Fernanda prit la main de Vaitapu dans la sienne.

— Évidemment ! Il est hors de question que vous risquiez votre vie dans une suite au Four Seasons de Bora Bora, Vaitapu. Je m'en voudrais que vous soyez sauvagement attaquée par un couple d'Américains éméchés. Prenez le lit, je dormirai sur la banquette.

Sur ses paroles, elle adressa un regard de défi à sa sœur, inclina légèrement la tête vers Temoana et Vaitapu.

— Je suis sincèrement désolée pour Tatie Yolande. Elle ne paraissait pas saine d'esprit mais on ne doit jamais juger un livre par sa couverture. Je ne l'ai vu qu'une fois mais j'ai eu de la chance de la rencontrer. Je laisse la porte de notre bungalow ouverte, le temps que vous veniez. Prenez votre temps, nous sommes juste-là, le dernier bungalow sur pilotis, au bout du chemin sur la gauche. Je vais faire quelques longueurs dans la piscine à débordement avant d'essayer de dormir. Il ne faudrait pas que ce drame m'empêche de me reposer et que je ne sois pas la plus belle demain pour mon mariage. Bonne nuit à tous !

Deux heures plus tard, Hiro et ses parents rejoignirent Fernanda qui dormait déjà à poing fermé sur la banquette. La Brésilienne avait longuement hésité et s'était retenue de s'enrouler nue dans les draps du lit king size qui lui faisait tellement envie. Le mariage c'est aussi, et surtout des concessions.

Il était 3 h 30 du matin quand le réceptionniste de l'hôtel reçut un appel de la brigade criminelle de Papeete. Les cinq personnes qui étaient arrivées plus tôt dans le resort ne devaient le quitter sous aucun prétexte. Elles pourraient être liées au meurtre d'une septuagénaire, dont le corps avait été retrouvé l'avant-veille criblé de 57 coups de couteau. La gendarmerie de Bora Bora allait être sur place d'ici une heure pour relever leurs empreintes.

— Il me faut l'autorisation de mon directeur pour laisser quiconque importuner nos clients, j'en suis désolé et je ne l'appellerai pas à cette heure tardive. Les gendarmes peuvent venir à partir de 8 h mais en nombre restreint. Nous sommes un resort de luxe et je doute que cette histoire fasse bonne presse. Avec Radio Cocotier, aucun secret n'est gardé, vous le savez. Par ailleurs, les personnes que vous ciblez sont venues se marier ici. Ce sont des personnes agréables et surtout, je vous le précise, extrêmement riches. Ils sont locaux et certainement influents à Tahiti, donc réfléchissez bien avant d'envoyer une équipe. Nous sommes au beau milieu de la nuit, les esprits s'échauffent et je sais qu'il vous faut un coupable rapidement.

L'homme à l'autre bout du fil commença à se détendre.

— Vous avez raison, je vous remercie pour tous les détails précieux que vous m'avez fournis. Je ne savais pas qu'il s'agissait d'un mariage ni de locaux et encore moins de personnes fortunées. Cela enlève beaucoup de motifs de crime. Nous enverrons deux gendarmes après leur départ, j'ai juste besoin des témoignages de votre équipe et j'aurai besoin que vous m'envoyiez la facture de leur séjour. La personne assassinée menait une vie simple, sans débordement de luxe. Si ces gens-là ne courent pas après l'argent, je ne vois pas ce qu'ils pouvaient lui vouloir. Mais ce meurtre est d'une telle violence, même pour nous à la crim' !

— Oui, je n'ose imaginer. Et puis-je me demander pourquoi nos clients seraient impliqués dans ce fait divers sordide ?

— Nous avons eu l'une de ses petites filles au téléphone tout à l'heure. C'est la mère de l'une de vos clientes qui est morte.

— Je comprends pourquoi elle a fondu en larmes tout à l'heure.

— Ce fut sa réaction ?

— Oui, la soirée a été d'un romantisme incroyable. Ils ont commandé nos meilleurs champagnes, ont tenu à complimenter le chef, et le barman pour les cocktails. Et tout d'un coup, un appel a bouleversé leur fin de dîner. Bien évidemment, nous le personnel, nous restons en retrait. Mais quelque chose s'était passé et l'énergie a changé.

— Le mariage est toujours prévu dans quelques heures ?

— Je vérifie en même temps que je vous parle, et oui, aucun changement n'a été apporté. Je vois d'ailleurs le fleuriste arriver au loin en pirogue. Nous avons le reste de la nuit pour préparer leur décoration. 150 personnes sont attendues, les vols Papeete - Bora Bora sont complets en raison de leur mariage. Je peux vous le dire, une famille arrive de France en jet privé. Notre chargé d'accueil ne va pas chômer c'est certain.

— Encore merci pour votre temps. Je vous rappellerai plus tard pour que nos agents viennent tout de même prendre quelques constats et dépositions suite à ce mariage. Je suis peut-être vieux garçon mais un tel mariage restera toujours un lointain fantasme pour moi. Mais quand on aime, on ne compte pas, comme dit l'adage.

***

L'effet enchanteur de la Polynésie se fit ressentir par tous les convives du mariage de Fernanda et Hiro, deux tourtereaux bientôt vahine et tane au regard de la loi.

Stéphane, arrivé en jet privé quelques heures auparavant, était subjugué par la beauté du serveur tahitien ; sa femme se plaignait déjà de cette chaleur moite à 8 h du matin. Ils furent rejoints par Maeva, l'ex-copine de Hiro et une bonne partie de ses feti'i : cousins, cousines, taties, neveux et nièces. Même sa grand-mère paternelle de Hua Po fit le déplacement.

L'arrivée au Four Seasons de Bora Bora se fit dans les accolades, l'atmosphère était chargée d'amour, de bonheur, finalement de légèreté.

Le mariage polynésien est une véritable tradition. De par l'héritage religieux, encore très fort dans le Pays, et du respect de coutumes ancestrales, il faut au moins en vivre un dans sa vie. La famille participe financièrement à la confection des colliers et couronnes de fleurs, certains achètent une partie du ma'a ou de l'alcool, le tout dans une ambiance de *bringue* décontractée.

La cérémonie eut lieu le samedi 13 août à 11 h sur la plage du Four Seasons, face au mont Otemanu et ses 727 mètres. Le prêtre de l'église Saint-Pierre Célestin fut dépêché sur place et commença par lier Hiro et Fernanda en versant de l'eau purifiante sur leurs mains enlacées dans un bénitier. Ils prononcèrent ensuite leurs vœux, s'embrassèrent et s'enlacèrent sous un soleil de plomb, aveuglant avec la luminosité qui se réfléchissait sur le lagon.

Une prière fut adressée en l'hommage de Tatie Yolande puis tout le beau monde fut invité à rejoindre le bar où cocktails, champagne et petits-fours les attendaient.

Tous les invités étaient ravis d'être dans ce cadre somptueux, alors même qu'il y a 24 h, ils quittaient la grisaille métropolitaine. On enchaîna à un rythme effréné les chants, les danses, dont la danse du cochon adoré par Hiro, les festins : déjeuner, apéro-coco et dîner à la lueur des torches imposantes et grandioses. La joyeuse bande finit même par se mettre à l'eau sur la plage privée de l'hôtel à 22 h pour un bain de minuit rafraîchissant.

— Bonne nuit, les amoureux, à demain, cria Stéphane à Hiro et Fernanda, restés dans l'eau à s'embrasser comme deux adolescents.

Agrippant le bras encore mouillé de Gisele, ils se dirigèrent tous les deux bien alcoolisés vers leurs bungalows respectifs.

— Je ne leur donne pas trois mois , glissa le quadra parisien au creux de l'oreille de la pétillante Brésilienne.

— Moi je ne leur donne pas trois jours. Boa noite cher ami.

Le lendemain matin, les *« Nana »* fusaient dans le lobby de l'hôtel. Chaçun rejoignait sa destination : Tahiti pour la majorité, retour à Paris pour d'autres qui auront juste profité d'un aller-retour express faute de pouvoir poser des congés ou de vouloir s'éterniser sur un territoire perdu au milieu du Pacifique. Les derniers allaient découvrir Bora Bora, hébergés dans des pensions ou rejoindre leurs îles avec les navettes fluviales.

Le lundi 15 août à 13 heures, alors que les derniers convives rejoignaient le bateau du Four Seasons pour foncer vers l'aéroport, deux gendarmes arrivaient sur les lieux. En première page de leur rapport, ils repartiront avec le témoignage de Moana, serveur de 25 ans, sur le point de démissionner à la suite des menaces de meurtre émises par la mariée.

Une phrase reviendra en tête des gendarmes lorsqu'ils enverront leur rapport à leurs collègues de Tahiti quelques heures plus tard :

— Vous savez, j'ai commencé ici à 18 ans car ma mère fait les ménages mais désormais je suis ici uniquement l'été. Je viens de terminer mes études à l'ESSEC à Paris et je repars définitivement en septembre. Je comptais terminer mon CDD à la fin du mois mais maintenant tout a changé : j'ai été menacé sur mon propre lieu de travail, dans mon île. Je ne me sens pas en sécurité ici. Le plus drôle c'est que deux de ces femmes m'ont demandé à une heure d'intervalle, le jour de leur arrivée, où elles pouvaient trouver un pistolet automatique sur l'île. C'est dingue non ? Je ne pense pas que la brune, la mariée rigolait mais je ne sais pas et je préfère ne pas connaître ses intentions. Je suis déjà fiu de cette histoire en fait.

Chapitre 4
Bienvenue dans la vie des mariés

Un mariage qui est célébré en Polynésie française ne peut être que magnifique. L'amour a des senteurs de tiaré et d'hibiscus. Lorsque l'on vit à Tahiti, où peut-on passer sa lune de miel ? Le Costa Rica, Hawaï, la Nouvelle-Zélande ? Hiro rêvait de Huahine, Taha'a ou Raiatea, les lieux de vacances de son enfance mais c'est finalement vers les Maldives que le couple décolla le mardi 16 août à 23 h. Une première escale au Japon puis un vol direct depuis Tokyo pour atterrir dans un nouveau paradis. Hiro prendrait ses nouvelles fonctions dans 10 jours, il ne fallait pas perdre de temps. Comme toujours.

— Madame, pourrais-je avoir une autre coupe de champagne s'il vous plaît ?

Fernanda était au septième ciel… littéralement. Extatique, elle s'impatientait en regardant la mer défiler sous ses yeux depuis les 7000 mètres d'altitude. Après un premier vol sur Air Tahiti Nui, le couple avait désormais le privilège de voyager dans la Première Classe de la compagnie Emirates. L'A380 produisait un léger ronronnement. La ligne 8 du métro parisien connaissait plus de turbulences.

— Le Ritz-Carlton nous attend, c'est un rêve qui devient réalité. Chéri, je t'aime, je t'aime, je t'aime.

Hiro lui lança son sourire incendiaire en l'embrassant sur la main. Il commençait à sombrer dans un sommeil profond. Encore sept heures de vol et ils célébreraient leur vie de tane et vahine. Il jonglait entre euphorie et fatigue, n'arrivant toujours pas à croire qu'il était devenu le mari de quelqu'un. Son intuition lui soufflait que cette personne était folle, potentiellement une meurtrière mais à cet instant, il était touché par un immense bonheur. Pas un état heureux ou de bien-être mais de pur bonheur, de paix intérieure, comme si le fait d'être marié avait éteint ses doutes, ses flammes. Ce besoin d'être aimé était enfin rassasié.

Arrivés à l'aéroport de Malé, Hiro et Fernanda furent tout de suite pris en charge par leur agent de voyage local. La villa avec piscine à débordement les attendait, le champagne était au frais, les pétales de rose étalés sur les draps de soie.

Le Ritz-Carlton était encore plus merveilleux que ce que le couple avait imaginé : piscine intérieure avec spa et cartes de massages avec des prestations qui s'étalaient sur plusieurs pages, une gigantesque piscine extérieure en pierre de Bali avec vue sur une mer turquoise, 3 bars, 4 restaurants. Ils jouissaient en plus de la villa la plus éloignée du deck, aucun passage pour troubler leur tranquillité.

Épuisés par presque trente-six heures de voyage, Hiro et Fernanda n'attendaient qu'une seule chose : se blottir l'un contre l'autre sous les draps et s'endormir main dans la main. Il était 19 h en heure locale, l'heure à laquelle les couples mariés vont désormais se coucher. Ils commençaient déjà à prendre cette habitude et cela les fit rire. Une telle complicité était rare, il suffisait qu'ils se regardent sans dire un mot et ils se comprenaient.

C'est en insérant le badge pour rentrer dans leur suite que les problèmes commencèrent. La chambre était inondée. En ouvrant la porte, les sandales en cuir d'autruche de Fernanda perdirent leur éclat. La mousse atteignait une hauteur effrayante… Oui, le personnel, pourtant aux petits soins, avait oublié un détail : fermer le robinet du jacuzzi.

Leur bagagiste était un indien de 35 ans. Rani connaissait ces clients fortunés, il les côtoyait depuis une décennie maintenant.

— Nos plus plates excuses, nous allons vous changer de chambre. Une nouvelle villa va vous être attribuée. L'établissement va tout arranger, suivez-moi jusqu'à la réception, je vous prie.

Une nouvelle coupe de champagne fraîchement offerte par l'établissement n'aura pas réussi à calmer le tempérament de feu de la belle Brésilienne. Accoudée au comptoir des réservations, Fernanda commençait à hausser le ton. Une famille américaine avec trois enfants en bas âge la toisait du regard.

— Comment ça, vous n'avez pas d'autres suites de disponible ? Je ne comprends pas quand vous parlez ! C'est votre accent campagnard ou votre cerveau qui n'arrive pas à assimiler l'information ? Nous – Fatigués – Nous – Dormir – Où ?

— Chérie, calme-toi s'il te plaît ! Tu vois bien qu'il est désolé et que c'est juste un problème de logistique.

Hiro arrivait toujours à temporiser, apaiser son épouse.

— Je vous remercie Rani. Désormais, c'est moi qui vais directement prendre en charge nos clients, et d'ailleurs je ne m'adresserai qu'à vous Monsieur.

Brandon Miles, le directeur de l'hôtel, gardait son calme. 54 ans, originaire du Kentucky, il n'avait aucunement l'intention de perdre son sang-froid. Sa mutation récente dans les Maldives avait été un accomplissement dont il rêvait depuis des années. Cette brunette incendiaire n'allait clairement pas se mettre en travers de son chemin. Il fusilla Fernanda du regard, accoutumé mais nullement déstabilisé par les caprices des plus fortunés.

— Écoutez, nous recevons une délégation exceptionnelle de chercheurs et d'institutionnels avec la tenue du colloque « *Save the Turtles for the Children* ». Notre établissement est complet, votre chambre prendra plusieurs jours à sécher en raison du climat tropical : nos parquets en bois ont dû absorber l'eau et les murs devront probablement être repeints.

Brandon tourna la tête vers Fernanda, qu'il toisa du regard :

— Madame, vu votre amabilité, je vous conseille de dormir au Saint Regis. J'ai passé un coup de fil, ils sont prêts à vous accueillir.

Sans bouger le haut de son torse, ses yeux se déplacèrent vers Hiro et son regard s'adoucit :

— Monsieur, nous prendrons en charge financièrement votre séjour là-bas : restaurants, massages, plongées… toutes vos activités et nous vous renouvelons nos plus profondes excuses, surtout après le long trajet que vous avez effectué.

Sa voix était douce, pleine de réconfort.

Fernanda alla s'asseoir sur un fauteuil en rotin dans le hall.

— Il est hors de question que j'aille au Saint Regis. Ce nom me rappelle de mauvais souvenirs !

— Toi, Fernanda Torres Haherupa, tu refuses de te rendre dans un hôtel de luxe 5 étoiles ? Je pense même que celui-ci doit frôler les 6 étoiles…

— Tu ne comprends pas, assieds-toi. Le problème n'est pas avec la chaîne d'hôtel mais ce prénom !

Fernanda tourna la tête. Son regard se renfrogna, elle se fermait petit à petit, plongée dans ses pensées, plongée dans un passé qu'elle ne pensait pas revivre, surtout pendant sa lune de miel. Mais elle le savait, l'Univers était joueur et il ne la laisserait pas tranquille avant qu'elle n'ait exorcisé tous ses démons. Et l'un de ses démons s'appelait Régis. Hiro prit place à côté de sa femme.

— Je vais tout te raconter mais ne m'interromps pas. C'est une histoire que j'ai voulu garder pour moi mais je ne veux pas qu'il y ait de secrets entre nous et puis je suis fatiguée.

Aux yeux de Hiro, Fernanda paraissait tout d'un coup vulnérable, comme abattue. Il ne l'avait jamais vue ainsi en sept ans de vie commune.

— Tu sais combien je déteste l'hiver à Paris ? Je suis une fille du soleil, j'ai besoin de chaleur, de lumière, de vie. Cela faisait deux ans environ que j'étais arrivée à Paris et tu me connais mieux que personne, j'aime les lieux typiques, historiques et j'ai eu envie d'un chocolat chaud. Je me promenais dans les Jardins des Tuileries, la pluie fouettait mon visage, mes mains étaient glacées, j'essayais de me protéger avec ma capuche. Il était 17 heures et je me suis dit, pourquoi ne pas aller me réchauffer chez Angelina.

— Le café ?

— Oui, tu sais, ils sont réputés pour leur chocolaterie, j'avais froid et à l'époque le Brésil me manquait. J'avais envie de cacao, de croquant, d'exotisme. J'étais juste en face, rue de Rivoli, donc j'ai traversé la rue en courant et j'ai commencé à faire la queue parmi la foule immense de touristes et de Parisiens en quête de chaleur. C'est une adresse typique, tous les Américains s'y rendent pour leurs « food selfies ». J'attendais juste derrière un homme. Il était grand, 1m85, un peu comme toi, mais peut-être même un peu plus petit. Enfin, là n'est pas la question. Il voit que je grelotte et me laisse passer devant lui. Je sens comme une envie irrésistible de me caler contre lui, de me réchauffer. Il émanait une énergie différente. Le savoir dans mon dos me protégeait en quelque sorte, je ne sais pas comment le décrire mais il me rassurait. Je sentais son souffle dans ma nuque, j'imaginais son regard posé sur moi et j'ai tout de suite regretté d'avoir mis ma capuche. Je devais avoir une coupe de cheveux horrible. La file n'avançait pas, je commençais à soupirer et à l'instant où je pensais faire demi-tour, cet homme inconnu m'a proposé de partager un chocolat chaud avec lui. « Vous avez déjà attendu 20 minutes, ce serait dommage de ne pas se régaler avec un Chocolat Viennois et un Rocher Praliné ! » Sa voix grave me sortit de ma torpeur d'un coup. C'est comme s'il avait lu à la seconde près dans mes pensées.

— Tu lui as répondu quoi ?

Hiro était happé par le récit de sa femme. Elle ne se livrait jamais sur son passé donc elle avait toute son attention.

— Je lui ai dit que je comptais prendre un chocolat chaud à emporter et que j'avais l'intention de rejoindre ensuite directement ma couette et mon oreiller adoré. Le regard de cet inconnu s'est alors embrasé. Je sentais qu'il voulait me dévorer donc je lui ai lancé par défi : si je dois m'asseoir à table, ce sera en votre compagnie et c'est vous qui m'invitez. Vous avez de la chance, ils ne servent pas de homard, la note aurait pu être plus salée !

— Ah ma Fernanda, une vraie lionne .

— Tu sais, c'est étrange à expliquer mais j'avais l'impression de le connaître. Nos âmes se reconnectaient. Nous avons passé la fin de l'après-midi à discuter, échanger sur nos vies. Il était séducteur, j'étais déjà conquise. Impossible d'enlever mon sourire quand il m'a raccompagné à la station de métro. Il m'a alors et enfin demandé mon numéro de téléphone. 10 minutes plus tard, je recevais un SMS et une invitation à dîner pour le week-end suivant. Nous venions de passer trois heures ensemble, poussés à la sortie par le personnel qui fermait le café.

— Pourquoi je n'apprends cette histoire que maintenant ? Tu es ma femme, nous sommes aux Maldives. Qui es-tu ?

Hiro souriait à Fernanda qui se plongea dans son regard.

— J'avoue que ma rencontre avec ce Régis est digne d'un conte de fées. Nous nous sommes revus pour dîner, nous sommes allés au cinéma. Il était grand, beau, romantique, charmeur, protecteur… impossible de ne pas craquer.

Fernanda respira un instant, perdue dans ses pensées. Un voile noir passa devant ses yeux.

— J'étais tellement jeune, tu sais, j'ai l'impression que c'était dans une autre vie. Pour te raconter rapidement, nous avons emménagé ensemble au bout de deux mois. J'ai quitté mon appartement pour emménager chez lui. Cet appartement qui deviendra chez « nous » était un logement de fonction. Il était fonctionnaire, il n'avait pas un poste élevé mais il avait certains avantages. J'ai aussi rapidement rencontré ses parents, tout est allé très vite. Voyages dans le monde entier : les Seychelles et ses eaux limpides, Singapour et son shopping sur le port, les massages à Bali, les visites de plantations de café à Cuba, les rencontres avec mes proches au Brésil… La liste est longue.

— Rassure-moi il avait des défauts ce fonctionnaire ? Je commence un peu à être jaloux là !

— En fait, tout a commencé pendant un voyage à Bali. Dans une bibliothèque, un livre est tombé à mes pieds : il parlait de karma. Je l'ai acheté sans trop me poser de questions. Et puis nous avons commencé à nous disputer : il voulait que son ex vienne chez nous pour arroser les plantes pendant nos voyages. Je ne comprenais pas pourquoi il n'avait pas demandé à quelqu'un d'autre ; je ne voulais pas que son ex vienne chez nous, encore moins pendant notre absence. Il m'a traité de « jalouse », j'étais sciée. Il avait l'habitude d'inviter cet ex avec nous au cinéma, elle venait dîner de temps en temps. J'ai été plus que compréhensive mais j'étais toujours le problème ; trop-ci, pas assez-ça… Après le décès de mon grand-père que j'adorais, nous étions en Nouvelle-Zélande et pendant une promenade dans un parc naturel, j'ai commencé à pleurer. Nous étions ensemble depuis deux ans et j'étais malheureuse. Cette prise de conscience était violente : j'étais malheureuse alors que j'avais tout pour être heureuse. Il était la raison de mon malheur : il me diminuait sans même que je m'en rende compte, il clamait à ses amis qu'il ne m'épouserait jamais alors qu'il savait que c'était mon rêve. J'étais mal élevée, j'étais susceptible, j'étais jalouse. Tu sais, jusqu'à maintenant j'avais retourné du dos de la main toutes les remarques de mes proches : ma mère le détestait, elle le trouvait « toxique et nuisible », mon amie Marion m'a alerté : « il a toutes les caractéristiques d'un pervers narcissique ». Il m'a empêché de voir des amis, il était toujours présent, une omniprésence étouffante. J'avais l'impression d'être sur écoute chez nous, quand il n'était pas là.

— Mais quelle histoire ! Tu as réussi à t'en sortir car tu es maintenant ma chérie adorée. Raconte-moi.

— Énorme prise de conscience et un soir, je vide mon sac. C'est comme si les mots sortaient de ma bouche sans mon contrôle. Avec le recul, je me dis que c'est une puissance supérieure qui parlait pour moi. Il pensait que je reviendrai, qu'il aurait une emprise psychologique, comme il l'avait toujours eu mais non, cette fois-ci je déménageais trois jours après. Depuis, je l'ai croisé une fois dans notre ancien quartier. Je suis restée plantée sur place, il m'a regardé et a continué son chemin avec ses collègues. Des phrases me sont alors revenues en tête : « tu sais, mes amis m'ont dit que ça se voyait que tu étais plus amoureuse de moi que je le suis de toi », « Je n'ai pas demandé mon ex en mariage au bout de 7 ans, ce n'est pas à toi que je passerai la bague », « vu tes sautes d'humeur, je veux, et ce n'est pas une question, que tu ailles voir un psychologue, que tu lui décrives tous tes symptômes de bipolarité », « tu sais avec toi, je ne me suis jamais senti en confiance ». J'ai mis plus d'un an pour me reconstruire. Il m'avait tout pris : ma confiance en moi, ma joie de vivre, mon sourire. J'ai failli tomber en dépression et un psychiatre m'a alors sauvé. En seulement quelques minutes d'entretien, il m'a confirmé ce que tout le monde m'avait dit : « c'est un pervers narcissique, coupez tout de suite les liens avec lui. Il va vouloir revenir, il se nourrit de votre chagrin. Vous avez de la chance d'être partie, certains arrivent à pousser leur conjoint ou conjointe au suicide. Vous n'avez aucun problème psychologique, je le vois très bien ». Toutes ses questions obtenaient des hochements de ma tête. Je ne retenais plus mes larmes. Je pouvais enfin passer à autre chose. Cette noirceur qui m'appelait depuis le plus profond de mes entrailles pouvait partir. Un an après, j'acceptais l'idée de refaire des rencontres, puis tu es apparu dans ma vie.

— Eh bien, tu sais comment casser l'ambiance !

Hiro fit un clin d'œil à sa femme et la prit dans ses bras. Ils étaient tous les deux encore installés dans le lobby de l'hôtel. Les voyageurs faisaient des va-et-vient devant eux mais absorbés par les révélations de Fernanda, ils ne les avaient pas pu. Pris dans leur bulle, ils n'avaient pas vu Brandon, qui avait tenté à plusieurs reprises de leur dire que le jetboat les attendait pour les conduire au Saint Regis.

Il était 23 h, la fatigue du voyage commençait à se faire grandement sentir. Un grand sourire aux lèvres, Brandon rejoignit le couple.

— Monsieur et Madame Haherupa, j'ai une excellente nouvelle à vous annoncer. Notre resort dispose d'un yacht et nous vous le mettons à votre disposition pour la durée de votre séjour. Il possède sa propre piscine sur le pont extérieur, son chef cuisinier, un équipage à votre disposition jour et nuit. Regardez, c'est le 35 mètres que vous voyez là-bas.

Il pointa du doigt un navire neuf, dont la coque reflétait la lumière de la lune. Les lumières intérieures étaient allumées, la piscine était aussi lumineuse.

— Ne perdons pas de temps, nous allons prendre tout de suite la navette pour vous conduire à bord. Vous restez bien 7 jours, c'est ça ?

— Mmm, je pense que nous pouvons prolonger notre séjour de quelques jours , s'extasia Fernanda, qui tout d'un coup avait retrouvé son énergie et sa bonne humeur.

— Chérie, nous devons repartir dans 7 jours, je prends mon poste juste après.

— Quel rabat-joie ! Allons rejoindre notre bateau et fais-moi l'amour.

***

Le voyage de Stéphane en Polynésie avait été particulièrement suivi par les autorités locales et nationales. Le Parquet de Paris le soupçonnait toujours de détournements de fonds et de blanchiment d'argent.

Interrogé au même moment où Hiro et Fernanda s'endormaient aux Maldives, il avait du mal à contenir sa colère face à des agents qui n'attendaient qu'une seule chose : ses aveux. L'affaire était lourde, la Procureure voulait faire de ce cas un exemple. Les plus riches ne sont pas au-dessus des lois. Et ce qui l'irritait par-dessus tout, c'était la multiplication des anglicismes dans ses comptes-rendus : *offshore*, *IPO*, *crowdfunding*, *assets*, *loans*, *expenses*, etc. Elle comprendrait mieux une partition en mandarin oriental.

Il était 20 h, l'agent essayait d'être le plus calme et direct possible.

— Monsieur, vous êtes suspecté de détournement de fonds et de blanchiment d'argent. Un aller-retour sur 72 heures en Polynésie française, véritable paradis fiscal, nous emmène vers cette piste qui devient chaque jour plus probante.

— Vous n'y êtes pas du tout, j'y suis allé pour un mariage. J'avais des obligations professionnelles donc malheureusement je n'ai pas pu m'éterniser sur place.

— Vous savez, nous pensons surtout que vous n'avez pas remué votre popotin sur la piste de danse, passez-moi l'expression, mais que vous avez rencontré une multitude de personnes influentes pour vous aider dans vos manigances.

— Mais dites-moi clairement, quelles sont vos suspections ?

— Je ne peux rien vous révéler pour le moment mais nous pensons que vous investissez dans le secteur immobilier, aidé par les vieux briscards de la politique sur place.

— Vous savez je ne suis pas Jacques Chirac, et Gaston Tong Sang n'est plus au pouvoir. Il faut arrêter de vouloir essayer de voir ce qui n'existe pas. Je ne connais qu'une personne sur place, qui est le directeur de notre nouveau bureau, se défendit-il. Cela paraissait, même à ses oreilles, très suspect.

— Vous savez quoi ? Contactez-le, vous verrez. Ne vous laissez pas avoir par son charme, cet homme a les dents longues.

— Si vous parlez de Monsieur Hiro Haherupa, nous l'avons déjà contacté.

À quelques kilomètres de là, le nom de Fernanda Torres venait d'apparaître dans un rapport de gendarmerie venant de Papeete. La brigade de police du 16e arrondissement fut surprise par l'objet de la plainte à son encontre : agression et menaces contre un serveur. C'était bien la première fois que l'agent de police David voyait apparaître dans un rapport les mots « Bora Bora » et « Four Seasons ». À 21 h passées, entre deux mises en garde à vue, il ne pût s'empêcher de taper « Polynésie française » sur Google. Il fut transporté en quelques secondes vers un paradis rempli de monoï, de coco et de vahiné. La carte postale du cliché dans toute sa splendeur !

Chapitre 5
Vie de marié, vie de damné ?

Le mariage représente pour beaucoup un événement attendu, triomphal après des années de rendez-vous atroces avec des personnes rencontrées sur Tindr ; et encore quand les rencontres ont lieu car les gens sont aussi indécis que superficiels). L'idée de possession arrive à grands pas, accompagnée d'un sentiment de protection et de supériorité : « *mon* mari est venu vous apporter l'ordonnance, pourquoi ne la retrouvez-vous pas ? Attendez, je l'appelle et je peux vous dire que vous allez passer un sale quart d'heure », « *ma* femme n'a pas pu oublier d'annuler le rendez-vous. Elle n'oublie jamais rien. C'est la number one de tout le quartier, même les voisins sont *fiu* de sa perfection ! » Un peu comme ces femmes qui n'ont pas compris que leurs poussettes ne sont pas des chars d'assaut et qu'elles peuvent, elles aussi, se décaler de 10 centimètres sur le trottoir pour permettre à tout le monde de passer.

Il n'aura pas fallu 3 jours mais bien 2 ans pour réduire en miettes les rêves de la belle Brésilienne et anéantir les espoirs du jeune tahitien quant à un mariage heureux, *à la vie, à la mort*. Le coup de grâce fut donné pendant la fête d'anniversaire des un an de la petite Ritupa. *Conçue peu de temps après l'épisode qui restera pour les deux protagonistes une « merveilleuse »* lune de miel, la petite brune au regard perçant a volé le cœur de ses parents le jour de sa naissance à l'Hôpital du Taaone, à Arue.

— Regarde cette petite bouille, elle vient de me faire un sourire ! s'extasia Hiro, qui la berçait dans son baby relax protégé d'un parasol le long du deck en bois au bord de la piscine à débordement en pierres de Bali.

— Ouais, super. Moi aussi je peux sourire et ça ne fera pourtant pas l'ouverture du JT de TNTV ce soir, lui répondit Fernanda sur un ton sec en sortant les coupes de champagne, qui tintaient en équilibre sur son plateau en manguier.

— Mais pourquoi es-tu d'aussi mauvaise humeur en permanence ? Notre fille est magnifique, en pleine forme. Elle fête ses un an et regarde-la avec son serre-tête aux imprimés coco et sa fleur d'hibiscus à l'oreille. Le contraste est trop sympa entre sa petite tête et la grosse fleur.

Hiro rayonnait de plaisir, il venait d'ailleurs de démissionner. Il y a 5 jours, il appelait Stéphane pour lui dire que son courrier avec préavis de départ avait été déposé en recommandé à l'OPT. Il allait désormais fonder son propre capital-fonds et ne rendrait plus de comptes à personne.

Finies les nuits blanches pour se caler sur l'horaire européen, les urgences de closing de levées de fonds, les pitch decks inintéressants d'étudiants de HEC qui n'avaient pas encore de poil au menton. Sa priorité ? Sa fille et sa femme.

Pour célébrer le premier anniversaire de Ritupa, toute la petite famille allait faire le déplacement : grands-parents paternels, tata maternelle et Maeva, qui avait sauté de joie et ferait garder ses garçons pour l'occasion.

— Attends, quoi ? Tu as invité ton ex chez nous pour l'anniversaire de notre famille ? Dis-moi que j'hallucine. Cette garce est prête à tout pour te récupérer et toi tu aimes ça ?

Au moment où Hiro commençait à se lever pour raisonner Fernanda, qui disposait maintenant les petits-fours du traiteur Huan sur la table, la sonnerie pour demander l'ouverture du portail de la résidence sonna.

C'était Stéphane. Il avait fait le déplacement sans sa femme.

— Je découvre enfin votre paradis. Je comprends maintenant pourquoi tu nous abandonnes. Je voulais cruellement te tuer dans l'avion mais le champagne en classe Poerava d'Air Tahiti Nui m'a calmé. Félicitations mec, je suis ravi pour toi et bon anniversaire petite puce.

Depuis son baby relax, Ritupa le gratifia de l'un de ses sourires dont elle avait le secret et qui se répercutent comme par effet de ricochet sur les visages en face d'elle. Miroir, miroir…

Hiro regarda son ancien chef sans bouger. Il tenta d'ouvrir la bouche mais aucun son ne sortait. Fernanda lui fit un petit clin d'œil, libéra ses mains des friandises qu'elle installait sur la table de salon de jardin.

— C'est moi qui l'ai invité, ne fais pas cette tête. Tu es encore plus pâle que les popa'a à leur arrivée à l'aéroport. Stéphane, je te sers une coupe ?

Maeva arriva dix minutes plus tard avec une énorme peluche licorne habillée d'un magnifique nœud rose, suivie de Vaitupa et Temoana, les parents de Hiro, *Vaitiare* (eau de fleur), la cousine de Huahine, Poema, la tante marquisienne et Kevin son fils.

Le décor pour ce premier anniversaire relevait de la magie. En hauteurs, à Temaruata, le temps s'était arrêté. Le long de la piscine, le deck en bois se prolongeait jusqu'au jacuzzi surélevé, et sur la gauche la pergola était dépliée, ce qui laissait la place d'installer tous les invités sur le salon de jardin : une table pour 10 personnes était dressée avec élégance : chemin de table en sable et coquillages dispersés, champagne Moët & Chandon frais à souhait, mignardises salées et sucrées ravissaient les convives qui profitaient de la brise et de la vue dégagée qui s'offrait sur Moorea.

— Le portail sonne, je vais aller ouvrir cria Hiro à Fernanda alors qu'il entrait déjà dans la cuisine, dont les baies vitrées avaient été ouvertes, à la recherche de citron vert pour les ti-punchs.

— Ia ora na tout le monde !

Après 10 minutes de montée en voiture, Gisele venait de descendre les marches vêtue d'une magnifique jupe verte Jacquemus et d'un top bleu ciel. À ses côtés, les mains dans les poches, Guillaume, un grand brun de 1m85, vêtu d'une chemise à manches longues bleue à rayures fines retroussées au niveau des coudes, d'un short bleu marine et de chaussures bateau. Il souriait à l'assemblée. En arrivant, il fit un rapide geste de salutation de la main, tel un acteur oscarisé qui s'assied dans le siège de Jimmy Kimmel devant les applaudissements de la foule. Oscarisé ou non, il ressemblait bel et bien à une célébrité hollywoodienne.

— La vue depuis votre maison est absolument magnifique, j'en ai le souffle coupé ! J'ai dû me garer devant la maison de vos voisins, votre allée est vraiment en pente. Ce n'est pas un problème ?

— Venez donc vous asseoir. Il n'y a aucun souci. Lui est un flic popa'a mal baisé et elle passe son temps à fumer son pakalolo, elle n'y verra que du feu, lui lança de la main Fernanda, qui l'invita à se joindre au groupe.

— Et puis vous savez, moi j'ai un plus gros problème à régler et ce n'est clairement pas votre problème de stationnement.

— Chérie, tu peux venir deux secondes m'aider à apporter le poisson cru ?

Hiro supplia tous les dieux polynésiens, deTaaroa à Pele et Oro, pour que sa femme se lève et le rejoigne dans la cuisine.

Tout en chuchotant presque, il lui demanda sans détour :

— Mais qu'est-ce que tu fabriques ? C'est quoi ton problème ?

— Mon problème c'est ton ex. C'est sa tête d'anguille, et celle-ci est loin d'être sacrée et elle ne vient pas de Huahine. Tu l'appelles sans cesse ! Tu crois que je ne t'entends pas au réveil quand tu termines tes *calls* avec la France et que tu l'appelles en larmes ? T'es un homme ou quoi ? C'est moi qui suis épuisée. C'est ton rôle de nous protéger !

— Mais vous protégez de quoi ? Et puis arrête avec cette vision faussée de la masculinité ! Oui, un homme peut pleurer, nous ne sommes pas des mutants insensibles. Ça veut du romantisme, des fleurs, de la douceur, mais de l'action au lit, des orgasmes, de la virilité, de la protection physique et financière, l'égalité, être à l'écoute, macho mais pas trop ! J'en ai ras-le-bol, Fernanda. C'est quoi ces attentes ? Et ensuite, tu vas dire à tes copines que les femmes ont une pression de dingue ? Je peux te prévenir qu'on aura certaines discussions quant à l'éducation de notre fille, car, crois-moi à ce rythme-là, elle deviendra associable, violente et surtout intolérante comme sa mère.

— Ah oui, tu veux de la violence ? Tu vas en avoir !

La scène se déroula en quelques secondes mais les sept spectateurs la verront au ralenti sous leurs yeux, hantant leur mémoire pendant des années. Dans un mouvement vif et soudain, Fernanda rejoignit les convives sous la pergola, elle attrapa Maeva par les cheveux et la força à se lever. Le temps que la Tahitienne comprenne ce qui se passait, Fernanda la poussa en arrière, sans avoir vu en avance qu'une des pierres qui bordaient le bassin artificiel dépassait dangereusement. Le crâne de Maeva se fendit contre la roche dans sa chute. Le sang commença à s'échapper dans l'eau, qui devint rapidement aussi rouge que les carpes japonaises. Son corps flottait à la surface, son visage apaisé ne trahissait pas l'effroi qu'elle vécut dans ses derniers instants.

***

— J'appelle les pompiers, hurla Vaitupa, la mère de Hiro, tétanisée. Elle n'arrivait pas à retenir les premiers sanglots qui montaient. Elle commença à chercher son Vini à la hâte dans son sac en paille tressé.

— C'est inutile, répliqua Guillaume. Je suis médecin et comme vous le voyez, sa boîte crânienne est ouverte, elle a perdu trop de sang. C'est trop tard, malheureusement, et j'en suis désolé. Elle est morte sur le coup, l'intensité du choc lorsqu'elle a heurté la pierre lui a été fatale ». Sous ses mots, on aurait dit que le jeune français venait de perdre 10 centimètres. Il restait calme malgré la scène hallucinante à laquelle il venait d'assister.

Mais qui étaient ces gens ? Il avait rencontré Gisele dans l'avion la veille et ils avaient tout de suite sympathisé, papotant pendant le vol, obtenant des anecdotes sur le climat ou le pouvoir d'achat exorbitant du Pays, les *Tetuanui* qui avaient du mal à boucler leurs fins de mois. Sa prise de poste en tant que chef du service de réanimation ne commençait que dans une semaine et contrairement à de nombreux Popa'a venus s'installer impunément à Tahiti ces dernières années, il voulait mettre son travail au service de la population tahitienne. La Polynésie française ne lui devait rien, c'est lui qui lui devait tout. Un nouveau départ, une qualité de vie incomparable, des rencontres passionnantes, l'approche d'une culture millénaire. « Tu fais preuve d'une telle humilité, c'est dingue », lui avait dit en souriant Gisele dans l'avion, lui donnant au passage un coup de coude. « C'est mon éducation je pense » lui avait répondu Guillaume en haussant les épaules, avant de commander un chao men comme plat principal du dîner servi par des hôtesses et stewards au sourire chaleureux et au regard pétillant. « Oui, je dis au revoir aux zombies, à ma vie en pilotage automatique. La Polynésie sera mon rêve et ma destinée ».

Guillaume sortit de ses pensées quand Stéphane se plaça devant Fernanda avec la pelle à tarte en haussant le ton comme pour donner du poids aux paroles qu'il allait prononcer.

— Fernanda va faire ses valises, elle va partir. Je vais l'accompagner et personne n'appelle ni les pompiers ni la police maintenant. Une fois que nous serons partis, vous appellerez les secours mais pas avant, et ils concluront à une maudite chute dans un bassin japonais. Et puis, de toute façon, qui a un « bassin japonais » dans son jardin à Tahiti ? C'est insensé ! Pourquoi je prends la défense de Fernanda ? Ce n'est pas que je la tiens dans mon cœur, mais c'est surtout cette rage que je tiens contre toi Hiro, qui fait que désormais la coupe est pleine.

Sans ciller, Hiro s'approcha de Stéphane, il le dépassait d'une tête et leurs yeux se fixèrent sans ciller plusieurs secondes. « J'ai longtemps cru que tu m'appartenais ! Tes jeux de séduction, ta promotion, tu crois que je n'ai rien vu ? Tu avais envie de moi ce soir-là et tu t'es retenue à cause de cette connasse ».

— Oh du calme, intervint Fernanda.

— Hiro, tu nous laisses partir et je ne dirai rien sur tes détournements d'argent au cabinet.

Le regard bleu azur de Stéphane était perçant, menaçant comme jamais. Il savait qu'il venait de prendre le contrôle de la situation, qu'il allait achever son ancienne proie devenue ennemi en raison d'un égo surdimensionné.

— Mais qui sont ces gens ?

Guillaume eut un lent mouvement de recul, il cherchait désormais Gisele du regard. Une femme adorable venait de mourir, son collier de fleurs flottait encore autour de son cou, donnant de la couleur dans ce bassin sombre décoré de nénuphars. Ce quinquagénaire menaçait l'assemblée avec une pelle à tartes en faisant allusion à des rapports sexuels cachés et des détournements de fonds, la propriétaire de la maison venait de s'enfuir sur le deck pour aller faire sa valise. Tous les deux étaient-ils de mèche et amoureux ? Assistait-il à une mise en scène de mauvais goût ? Les parents de Hiro pleuraient dans leur coin, abattus par la perte de leur ex-belle fille. Gisele s'occupait maintenant de Ritupa, toujours souriante en train de mâcher Sophie sa girafe. Il restait, enfin, Hiro, ce magnifique Tahitien imposant qui respirait la douceur et l'amour. Ce dernier prit la parole face à un Stéphane dont le sourire dévoilait toutes ses dents.

— Tu as fini ton laïus ? Tes accusations ? J'ai refusé tes avances et c'est comme ça que tu me le fais payer ? Partez maintenant et que je ne revois aucun de vous deux sinon là j'appellerai les flics, Interpol, le FBI et la CIA s'il le faut. J'ai été clair. Votre petit jeu, à toi et à la cinglée brésilienne c'est fini. Dans tout ça, j'ai une bonne nouvelle qui simplifiera la situation : nous ne sommes jamais passés devant un véritable prêtre ni à la mairie pour obtenir un acte de mariage établi et reconnu. Je ne suis donc pas marié, vous êtes donc en état d'infraction chez moi. Je vous laisse 3 minutes et qu'elle n'ose même pas partir avec le Porsche Macan, car là c'est moi qui l'étriperai de mes propres mains.

Lentement, Hiro vint récupérer Ritupa dans son baby relax et la posa d'instinct dans les bras de Guillaume. La petite gratifia aussitôt le médecin d'un immense sourire.

— Stéphane, tu m'as tellement sous-estimé ! L'argent que tu penses que j'ai détourné est placé sur un fonds dédié au nom du cabinet et seul le P-DG peut y avoir accès. Car oui, suivant les conseils de mon avocat de l'époque à Paris, j'ai informé le grand patron sur tes failles en matière de sécurité bancaire. Tout le monde dans la boîte aurait pu détourner de l'argent. Si un jour je te revois, je te croise, vois une invitation de ta part sur Facebook, il t'appellera dans la minute.

Fernanda venait de réapparaître sur le deck, une valise Louis Vuitton posée par terre, un sac de voyage Gucci sur l'épaule. La brise de la fin de matinée faisait désormais place à un léger vent. Il allait pleuvoir dans la soirée. Hiro s'approcha d'elle et lui murmura à l'oreille, en levant l'une de ses mèches, assez fort pour que tout le monde entende. Sa voix était calme, posée :

— Tu as tué ton père, fait interner ta mère, tu as tué ton premier mari, tu viens d'enlever la vie à une jeune femme mère de deux adorables enfants. Voilà qui tu es et pourquoi tu vas te volatiliser maintenant.

— Enfin, j'ai la paix ! Enfin, je peux être libre ! C'est sans conteste le plus beau jour de ma vie. Garde notre enfant, je n'en voulais pas. J'ai encore les tétons sensibles et ces montées de lait ont tué ma tunique Isabel Marant ! Je me casse, bye bye, les losers. Stéphane, on file à l'aéroport ? Une fois à Paris, je continuerai vers Singapour. Là-bas, je pourrai m'épanouir : shopping à gogo, beaux mecs, pas de pression.

Dans son esprit, Gisele savait que sa sœur perdait les pédales. Elle n'avait aucune économie, elle avait tout dilapidé avec son train de vie princier depuis son arrivée en Polynésie et un mariage, dont les frais avaient été partagés, qui avait coûté plus de 3 millions de francs pacifique.

Sans un regard pour sa fille, Fernanda demanda à Stéphane de l'aider avec ses valises. Ils montèrent les marchés, arrivèrent au parking suspendu au-dessus de la villa et quelques instants plus tard, la voiture de location de Stéphane dévalait la descente de Temaruata.

***

Au loin, des sirènes retentissaient. Hiro et sa famille étaient dans les hauteurs, ils ne pouvaient pas encore voir des véhicules banalisés et un fourgon de police en train de filer vers le PK 16,5. Ils roulaient à vive allure, doublant les voitures pare-chocs contre pare-chocs en ce week-end où les embouteillages sont légion à Tahiti.

— Toutes les fêtes tahitiennes sont aussi animées ? s'interrogea Guillaume, un demi-sourire aux lèvres.

Vaitapu explosa de rire. « Non, là tu es tombé sur un cas de démence extrême et mon intuition ne m'avait pas trompé. Je suis peut-être une matahiapo mais je suis loin d'être sénile. »

Les agents de police et de la répression des fraudes arrivaient trop tard.

Temoana les accueillit à l'entrée de la maison. Les agents eurent un mouvement de recul en voyant le corps de la jeune Polynésienne flotter dans le bassin.

— Nous allons prendre vos dépositions. Un suivi psychologique vous sera offert gratuitement mais j'imagine que vous n'êtes pas dans le besoin, déclara David, le policier dépêché de Paris, arrivé le matin même après 22 h de vol. Je sais que nous n'avons pas réussi à arrêter Mme Fernanda Torres et Monsieur Stéphane Tadul, mais il s'agit d'une île. Ils n'iront pas bien loin.

— Vérifiez aussi au niveau du port. Nous avons un petit hors-bord, elle a pu partir avec ! répondit Hiro immédiatement, encore sous le choc.

— Nous ferons le nécessaire, je vous l'assure. Cela vous dérangerait si en attendant mes autres collègues de Papeete, je prenais une part de gâteau. L'heure n'est pas à la fête mais je m'en voudrais de ne pas demander, je suis affamé. Le rythme des îles est vraiment intense par chez vous.

Tous se regardèrent et c'est finalement Gisele, qui dans un demi-sourire lui donna l'autorisation de s'asseoir à table. Voilà pourquoi elle n'aimait pas les hommes, ils n'arrivaient jamais à se retenir de rien.

***

Les pompiers étaient partis avec le corps de Maeva quelques heures auparavant.

Tout le monde était épuisé. Vaitapu et Temoana s'étaient proposé de rendre visite au tane de Maeva pour lui raconter l'accident. Fernanda voulait rentrer à l'hôtel dormir. Guillaume se proposa de rester chez Hiro pour la nuit. Un soutien psychologique ne serait pas du luxe, surtout avec un bébé à s'occuper.

Hiro et Guillaume passèrent la nuit à parler. Deux âmes sœurs venaient de se retrouver et un Amour fusionnel, sincère, unique et puissant allait naître des flammes d'une relation tumultueuse, frustrante et dangereuse. Hiro s'endormit la tête sur les genoux de Guillaume, un plaid sur lui. Pour la première fois de sa vie, Ritupa fit une nuit complète. Le lever de soleil était magique. Cette vue incroyable sur le lagon, les oiseaux qui se réveillaient, le chant du coq qui accompagnait le ciel à mesure qu'il rosissait. Guillaume savait qu'il venait de trouver bien plus qu'une maison, il avait trouvé SA maison. Sa certitude se renforça quand Hiro se réveilla, s'étira. Il lui sourit en refermant les yeux avec le soleil qui commençait à percer. Hiro obligea Guillaume à étendre ses jambes et à s'allonger contre lui. C'est à ce moment-là que leurs lèvres se rencontrèrent pour la première fois, puis leurs langues, les mains de Guillaume se perdirent dans les cheveux de Hiro, juste au moment où Ritupa se réveilla et commença à se retourner dans son landeau. Une nouvelle journée, une nouvelle vie commençaient. Un nouvel amour venait de naître mais cette fois-ci Hiro le sentait au plus profond de son ventre, où les papillons s'étaient fait sentir lorsqu'il l'avait vu pour la première fois la veille, cet amour serait solide, clair, limpide, simple. Cet amour serait merveilleux.

***

Depuis la prison, Fernanda appela Gisele :

— Je n'ai pas tué cette vieille Tatie Yolande. C'était toi n'est-ce pas ? Tu voulais me virer de ta vie à tout jamais. Eh bien maintenant je suis à Nuutania et quand je sortirai, tu me le paieras.

— Tu auras quoi ? 60 ans passés ? Je suis morte de peur. Il ne faudrait pas que cet appel te coûte trop cher auprès de tes codétenues. Je t'imagine payer de ton corps pour une cigarette. La scène me fait sourire. Dans quelques années, c'est toi qui fourniras des clopes aux nouvelles venues. Mais je suis contente parce qu'avec tout ça, Hiro se réjouit des frites, et toi des moules. Finalement, qui aurait cru que vous étiez complémentaire ? Tout ce que je peux te dire c'est que désormais tu ne seras plus un obstacle pour moi et écoute ma voix. Elle est claire, calme, limpide et je peux prendre de grandes respirations. Je sais que tout ce qui se déroulera désormais pourra être ajouté à ta multitude de crimes. *Nana* sœurette.

Imprimé en Allemagne
Achevé d'imprimer en août 2023
Dépôt légal : août 2023

Pour

Le Lys Bleu Éditions
40, rue du Louvre
75001 Paris

www.ingramcontent.com/pod-product-compliance
Lightning Source LLC
Chambersburg PA
CBHW062346010826
49168CB00024B/277
9791042204419